세상에서 가장
완벽한 교실

BREAKING STALIN'S NOSE by Eugene Yelchin
Copyright ⓒ 2011 by Eugene Yelchin
All rights reserved.

This Korean edition was published by Prunsoop Publishing Co., Ltd. in 2012 by arrangement with Henry Holt and Company, LLC through KCC(Korea Copyright Center Inc.), Seoul.

이 책의 한국어판 저작권은 (주)한국저작권센터(KCC)를 통한 저작권자와의 독점 계약으로 (주)도서출판 푸른숲에 있습니다. 저작권법에 의해 한국 내에서 보호를 받는 저작물이므로 무단 전재와 무단 복제를 금합니다.

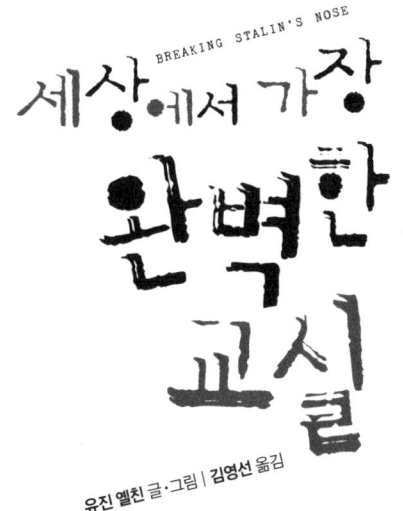

BREAKING STALIN'S NOSE

세상에서 가장 완벽한 교실

유진 옐친 글·그림 | 김영선 옮김

푸른숲주니어

차
례

편지 … 7

행복한 대가족 … 11

아빠의 약속 … 16

한밤중에 울린 초인종 … 25

방을 빼앗기다 … 36

혼자 남겨지다 … 39

붉은 광장 … 42

고모의 눈물 … 46

내일은 괜찮아질 거야 … 51

미친 전차 … 54

눈깔 네 개 … 56

세상에서 가장 완벽한 교실 … 62

붉은 깃발 … 71

스탈린 동상의 코 … 76

난 네가 한 일을 알고 있다 … 87

용의자 찾기 … 91

가짜 범인 … 97

다른 사람에게 누명을 씌워라 … 102

보브카의 반격 … 107

뒤바뀐 운명 … 114

수상한 선생님 … 123

루비얀카 교도소에선 누구나 자백을 한다 … 130

진짜 범인 … 136

은밀한 제의 … 142

내 삶을 영원히 바꾼 날 … 154

끝이 없는 길 … 157

작가의 말 … 168

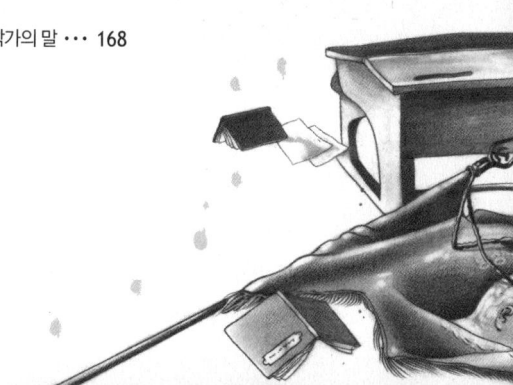

편지

우리 아빠는 영웅이자 공산주의자다. 나는 커서 꼭 아빠처럼 되고 싶다. 사실 내가 가장 닮고 싶은 사람은 스탈린 동지다. 하지만 내가 스탈린 동지처럼 될 수는 없다. 그분은 우리의 위대한 지도자이자 스승이니까.

그때 마침, 라디오에서 익숙한 목소리가 흘러나왔다.

"소련 국민 여러분, 우리의 위대한 지도자이자 스승이신 친애하는 스탈린 동지를 따라 공산주의로 나아가고 또 나아갑시다. 스탈린 동지는 우리의 깃발입니다! 스탈린 동지는 우리의 미래입니다! 스탈린 동지는 우리의 행복입니다!"

이어 노래가 흘러나왔다.

밝은 미래가 우리 앞에 열려 있다

나는 노래를 따라 부르며, 연필과 종이를 꺼내 편지를 쓰기 시작했다.

친애하는 스탈린 동지께

제게 행복한 어린 시절을 선물해 주신 동지께 진심으로 감사드립니다. 저는 운 좋게도 세계에서 가장 민주적이고 진보적인 나라, 소련에서 살고 있습니다.

얼마 전에 자본주의 국가의 어린이들이 얼마나 힘들게 살고 있는지 적어 놓은 글을 읽었어요. 저는 그 글을 읽으면서 소련에 살고 있지 않은 아이들이 참 불쌍하게 여겨졌습니다. 그 아이들은 자신의 꿈을 절대로 이룰 수 없을 테니까요.

저의 가장 큰 꿈은 소비에트 소년단에 들어가는 것입니다. 소년단 입단은 저희 아빠 같은 진짜 공산주의자가 되기 위해선 꼭 밟아야 하는 과정 중 하나이니까요.

제가 두 살이 되자마자, 아빠는 소년단 인사법을 가르쳐 주었습니다.

"소년단! 공산당의 큰 뜻과 스탈린 동지를 위해 싸울 준비가 되었나?"

아빠가 이렇게 물으면, 저는 손을 번쩍 들어 소년단 경례를 했습니다. 물론 진짜 소년단원처럼 "항상 준비되어 있습니다!"라고 외치지는 못했습니다. 아직 말을 배우기 전이었거든요.

그러나 이제는 나이를 충분히 먹었고, 제 꿈은 바야흐로 현실이 되어 가고 있습니다. 내일 저희 학교 소년단 발대식에서 당당히 소년단원이 될 테니까요.

스탈린주의 정신으로 인격을 갈고닦지 않으면 진정한 소년단원이 되는 것은 불가능합니다. 저는 꾸준한 운동으로 몸을 튼튼하게 만들고, 공산주의자로서의 인격을 갈고닦으며, 언제 어디서나 경계를 게을리하지 않겠다고 엄숙하게 맹세합니다. 우리의 적들이 두 눈을 부릅뜨고 있는 한 긴장을 늦추지 않겠습니다.

친애하는 스탈린 동지, 저는 제가 사랑하는 소련과 동지에게 정말로 쓸모 있는 사람이 될 때까지 쉬지 않고 노력할 것입니다. 제게 이런 멋진 기회를 주셔서 감사합니다.

모스크바 제37초등학교

사샤 자이치크 올림

스탈린 동지가 내 편지를 읽는다고 상상하자, 나는 흥분이 돼 가만히 앉아 있을 수가 없었다. 그래서 벌떡 일어나 소년단원처럼 방 안을 행진한 다음 부엌으로 가서 아빠를 기다렸다.

행복한 대가족

저녁 식사를 준비할 때여서 그런지 부엌은 사람들로 한창 북적거렸다. 성실하고 정직한 소비에트 시민 마흔여덟 명이 '코뮨알카'라 불리는 공동 아파트에 모여 살았다. 우리는 단 하나뿐인 부엌과 화장실을 함께 썼지만, 조금도 불편함을 느끼지 않았다.

우리는 행복한 대가족이었다. 모두가 평등했고, 비밀이 없었다. 누가 몇 시에 일어나는지, 누가 저녁 식사로 무엇을 먹는지, 누가 자기 방에서 무슨 말을 하는지 다 알았다.

방과 방 사이의 벽은 무척 얇았다. 어떤 벽은 천장까지 닿

아 있지도 않았다. 우리는 스탈린 동지에 관한 책이 가득 꽂힌 책장으로 방을 나누었다. 이 기발한 방법 덕분에 방 한 칸을 두 가족이 함께 쓰기도 했다.

　스탈린 동지는 이렇게 생활 공간을 여럿이 함께 쓰다 보면, 자본주의의 '나' 대신에 공산주의의 '우리'를 깨칠 수 있다고 말했다. 내 생각도 같았다. 우리는 아침마다 화장실 앞에 줄을 길게 서고서 애국심을 불러일으키는 노래를 다 함께 부르곤 했다.

　그날 아침, 이웃에 사는 마르파 이바노브나가 내게 당근 하나를 건네주었다. 나는 당근을 손에 들고 부엌으로 갔다. 그리고 창문 옆 따뜻한 라디에이터 위로 올라가 마당을 내려다보았다. 아빠가 오는지 궁금해서였다.

이따금 아빠는 그다음 날 아침까지 집에 들어오지 않았다. 루비얀카 광장에 있는 케이지비(KGB, 소련의 국가 보안 위원회. 옛 소련 시절 국가 권력을 유지하기 위해 국민을 감시하고 통제하며, 대외 첩보 활동을 벌였다.)에서 일하기 때문이었다.

케이지비는 비밀경찰이었다. 신분을 숨긴 채 국경으로 몰래 들어오는 적들을 찾아내는 것이 주요 업무였다. 아빠는 케이지비 최고 요원이었다. 스탈린 동지가 아빠의 가슴에 손수 붉은 훈장을 달아 주며 "우리의 심장부에서 해충들을 청소하는 강철 빗자루"라고 말했다.

나는 오래오래 먹으려고 당근을 작게 한입 베어 물었다. 입 안에 당근 냄새가 향긋하게 퍼졌다. 배가 고파 속이 쓰라릴 때마다 미래의 소년단원은 이런 사소한 욕망쯤은 너끈히 이길 수 있어야 한다고 스스로를 타일렀다. 그래도 이따금씩 맛있는 것을 먹을 때면 기분이 좋았다.

공산주의는 이제 막 세상에 나왔다. 이제 곧 모든 사람이 배불리 먹을 수 있게 될 것이다. 나는 가끔씩 자본주의 국가 사람들은 어떻게 살고 있는지 궁금했다. 그곳 아이들은 이런 당근조차 맛볼 기회가 없겠지.

아빠의 약속

 아빠가 부엌으로 들어오자, 사람들이 약속이라도 한 듯이 하던 말을 멈추었다. 사람들의 얼굴에 두려움이 가득했다. 나는 그것이 아빠에 대한 존경심의 다른 표현이라고 생각했다.
 아빠는 라디에이터 위에 서 있는 나를 번쩍 들어 안더니, 사람들에게 고개를 끄덕여 인사하고는 부엌을 가로질러 우리 방 쪽으로 갔다. 아빠의 외투에서 차가운 눈 냄새가 났다.
 이웃에 사는 스투카초프가 얼굴 가득 웃음을 띤 채 고개를 까딱거리며 우리를 뒤따라왔다. 그는 아빠한테 오늘은 스파이를 몇 명이나 잡았느냐고 물었다. 물론 아빠의 대답을 기대한 것은 아닐 터였다. 그것은 국가 기밀이니까.

나는 아빠가 날마다 스파이를 체포한다는 사실을 알고 있었다. 아빠는 자주 나한테 길에서 수상한 사람을 보면 스파이일 수도 있으니 몰래 뒤따라가서 살펴보아야 한다고 말했다. 누구든 의심하는 것은 현명한 행동이었다. 스파이는 곳곳에 있기 때문이었다.

우리가 방에 도착했을 때도 스투카초프는 여전히 뒤에 서 있었다. 나는 그가 얼른 자기 방으로 돌아가기를 바랐다. 아이 세 명과 아내, 그리고 어머니와 함께 쓰는 그의 방이 얼마나 비좁은지는 잘 알고 있었지만.

아빠와 나는 꽤 널찍한 방을 썼다. 왠지 우리가 사치스럽게 사는 것 같아서 부끄러웠다. 나는 스투카초프의 얼굴을 제대로 쳐다보지 못했다. 그는 목을 쭉 뺀 채 우리 방 안을 두리번거렸다. 아빠는 눈에 거슬렸는지, 그의 얼굴 바로 앞에서 문을 쾅 닫아 버렸다.

"저 사람하고는 절대로 이야기를 나누지 마라. 너한테 들은 걸 이용해 먹을 사람이야."

나는 아빠 말에 고개를 끄덕였지만, 정확히 무슨 뜻인지는

몰랐다.

'저 아저씨가 뭘 이용해 먹는다는 거지? 나중에 찬찬히 생각해 봐야겠다.'

아빠가 장화를 벗고 있는 동안, 나는 스탈린 동지에게 보내는 편지를 큰 소리로 읽었다. 아빠는 빙그레 웃으며 편지를 잘 썼다고 칭찬했다. 그리고 편지를 서류 가방에 넣은 다음 스탈린 동지에게 꼭 전하겠다고 약속했다.

"너희 학교의 세르게이 이바니치 교장 선생님께서 오늘 아빠 사무실로 전화를 하셨단다."

"정말요? 학교에는 스파이 같은 거 없는데요?"

아빠는 엄한 표정으로 나를 바라보았다. 나는 순간적으로 내 경계심이 느슨해졌다는 사실을 알아차렸다.

아빠가 물었다.

"지금 네가 한 말을 책임질 수 있니?"

나는 학교에서 활동하는 스파이는 단 한 명도 떠올릴 수가 없었다. 하지만 얼른 이렇게 대답했다.

"아니요, 아니에요."

아빠는 고개를 끄덕이고는 갈색 포장지로 싼 물건을 내게

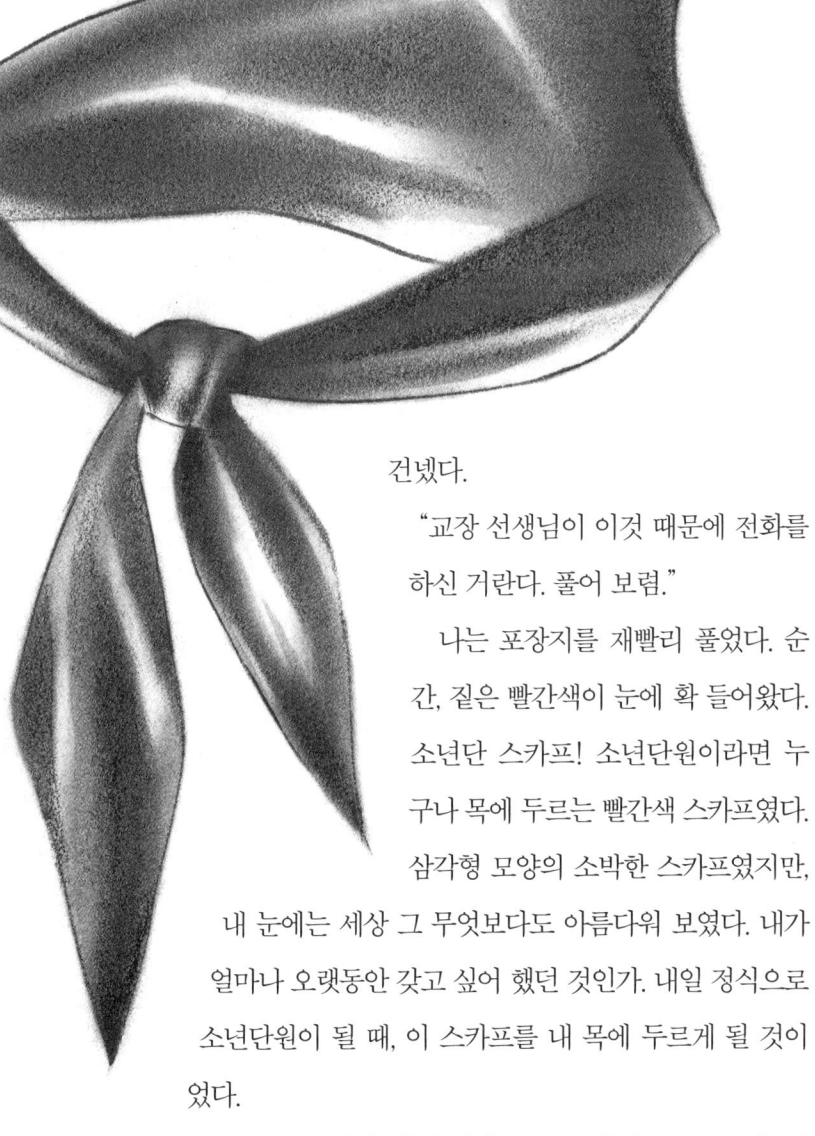

건넸다.

"교장 선생님이 이것 때문에 전화를 하신 거란다. 풀어 보렴."

나는 포장지를 재빨리 풀었다. 순간, 짙은 빨간색이 눈에 확 들어왔다. 소년단 스카프! 소년단원이라면 누구나 목에 두르는 빨간색 스카프였다. 삼각형 모양의 소박한 스카프였지만, 내 눈에는 세상 그 무엇보다도 아름다워 보였다. 내가 얼마나 오랫동안 갖고 싶어 했던 것인가. 내일 정식으로 소년단원이 될 때, 이 스카프를 내 목에 두르게 될 것이었다.

나는 스카프를 탁자 위에 펼쳐 놓고 손바닥으로 주름을 펴면서 말했다.

"소년단 스카프의 꼭짓점 세 개는 세 세대를 상징해요. 그러니까 스카프를 매는 것은 어른 공산주의자와 청년 공산주의자, 그리고 소년단원이 하나가 되는 것을 의미해요."

"스카프가 왜 빨간색인지 말해 보렴."

"소년단 스카프가 빨간색인 건 공산주의 국기가 빨간색이기 때문이에요. 그리고 공산당의 큰 뜻을 위해 흘린 피를 상징합니다!"

아빠는 고개를 끄덕였다. 그러고는 소년단원 스카프를 내 목에 두른 뒤, 규칙에 따라 오른쪽 귀퉁이가 왼쪽 귀퉁이보다 더 아래로 내려오게 묶어 주었다.

"소년단! 공산당의 큰 뜻과 스탈린 동지를 위해 싸울 준비가 되었나?"

나는 손을 번쩍 들어 소년단 경례를 하면서 대답했다.

"항상 준비되어 있습니다!"

순간, 아빠의 표정이 바뀌었다. 나는 아빠의 표정만 보고도 무슨 말을 할지 알아차렸다.

"엄마가 네 모습을 보았다면 무척 자랑스러워했을 텐데."

나는 아빠의 안경에 비친 내 모습을 보았다. 짙은 빨간색이 내 목에서 불타고 있었다. 내일부터는 이 소년단 스카프를 절대로 벗지 않을 것이다. 매일 밤 깨끗하게 빨아 다림질할 때를 빼고는.

"내일 너희 학교 소년단 발대식에서 내가 네 스카프를 직접 매어 줄 거야. 네 스카프뿐만이 아니야. 너희 교장 선생님이 나를 귀빈으로 초대하셨단다."

나는 실망하고 싶지 않은 마음에 일부러 아무렇지도 않은 척하며 조용히 물었다.

"아빠는 못 오시죠? 그렇죠? 스파이들을 잡느라 항상 바쁘시잖아요."

아빠는 빙긋이 웃었다.

"아니, 당연히 가야지. 이건 공산주의자의 약속이다."

나는 벌떡 일어나 아빠 품으로 달려들었다. 아빠가 나를 꽉 껴안았다. 아빠가 하도 세게 안는 바람에 갈비뼈가 으스러질 것만 같았다.

아빠는 내 귀에 대고 나지막이 속삭였다.

"혹시라도 아빠한테 무슨 일이 생기면 랄리사 고모를 찾아가렴. 고모가 너를 돌봐 줄 거야."

바로 그때, 우리 이웃인 올로프가 아코디언을 연주하며 노래를 부르기 시작했다.

우리 지도자시여, 평온하소서, 우리가 지킬게요
우리는 적에게 땅 한 뼘도 내주지 않을 거예요
우리가 어디를 가든 세상은 새로워질 거예요
우리 삶도 점점 나아지고 행복해질 거예요

아빠는 나를 내려놓고 벽을 두드리며 말했다.
"동지, 조용히 하시오. 지금은 잔치를 벌일 때가 아니오."
올로프는 곧바로 연주를 멈추었다. 사람들은 이만큼 우리 아빠를 존경했다.
아빠는 내게로 고개를 돌리며 말했다.
"미래의 소년단, 침대로! 내일은 아주 중요한 날이야."

한밤중에 울린 초인종

한밤중에 잠에서 깼다. 걱정이 하나 있었기 때문이다. 아빠가 왜 "무슨 일이 생기면 랄리사 고모를 찾아가렴."이라고 말했을까? 나는 이해할 수가 없었다. 도대체 아빠한테 무슨 일이 일어날 수 있단 말인가?

나는 아빠의 고른 숨소리를 들으면서, 지붕에서 미끄러져 내리는 눈의 어스름한 형체를 지켜보았다. 그러자 기분이 한결 나아졌다.

'아빠한테 아무 일도 없을 거야. 스탈린 동지한테는 아빠가 꼭 필요하니까.'

　나는 침대에서 일어나 창문 밖 풍경을 바라보았다. 거대한 스탈린 동상이 탐조등 아래에서 밝게 빛났다. 전투기에 쓰이는 강철로 만든 스탈린 동상은 건물 사이로 우뚝 솟아 있어서 모스크바의 어느 창문에서든 한눈에 보였다.
　최근에 아빠는 동상을 폭파시키려는 일당을 붙잡았다. 그들은 인민의 적이었다. 우리의 소중한 재산을 파괴하려고 했기 때문이다. 감히 스탈린 동지의 동상을 파괴하려고 하다니……. 나로선 상상도 할 수 없는 일이었다. 그러나 세상에는 이렇게 나쁜 짓을 하는 사람들이 버젓이 존재하고 있었다.

　나는 동상을 바라보며 진짜 스탈린 동지가 저 높은 곳에서 모스크바를 내려다보고 있는 거라고 상상했다. 동지의 형형한 눈이 지금 거리에 내리고 있는 눈처럼 자유자재로 움직이며 수많은 검은 점들을 뒤쫓았다.
　그런데 그 검은 점들이 점점 커지더니, 단단한 금속과 방탄유리로 만든 검은색 자동차로 변했다. 자동차들은 아름답게 빛났다. 그것은 케이지비의 자동차였다. 아빠도 한 대 가지고 있었다.
　밤마다 스탈린 동지의 긴급 명령을 수행하기 위해 이 자동

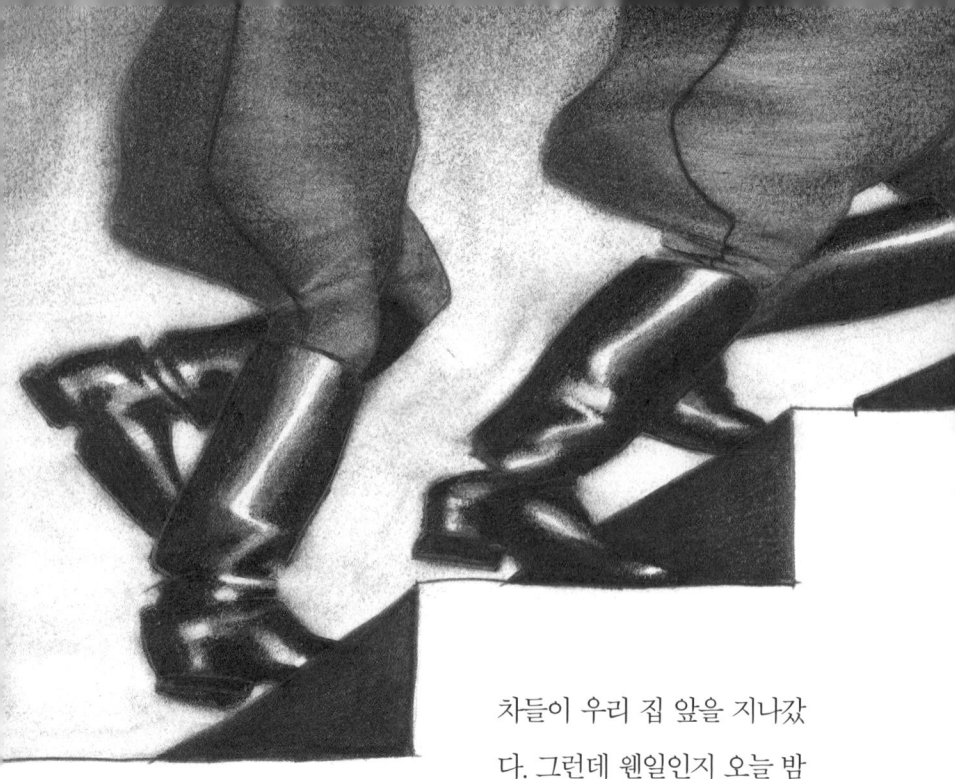

　차들이 우리 집 앞을 지나갔다. 그런데 웬일인지 오늘 밤에는 자동차 한 대가 우리 집 마당으로 들어섰다. 곧이어 엔진이 돌아가는 소리, 문이 쾅 닫히는 소리, 그리고 계단을 후다닥 뛰어오르는 군화 소리……. 나는 그 소리에 귀를 기울였다. 잠시 후, 초인종이 울렸다.

　우리는 초인종이 울리는 횟수로 누구를 찾아온 사람인지를 알아차렸다. 한 번 울리면 슐만 가족, 두 번 울리면 이바노프 가족, 세 번 울리면 스투카초프 가족, 네 번 울리면 코즐로프 가족, 다섯 번 울리면 우리 가족……. 이런 식으로 계속 나아

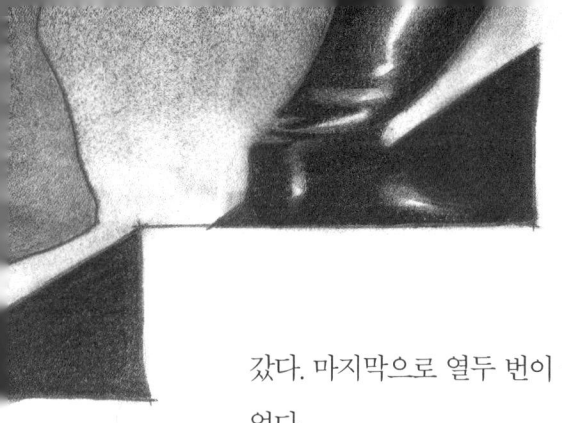

갔다. 마지막으로 열두 번이 울리면 로도츠킨 가족이었다.

딩동, 딩동, 딩동, 딩동, 딩동.

다섯 번! 우리 집에 온 사람들이었다.

딩동, 딩동, 딩동, 딩동, 딩동.

"아빠, 아빠, 아빠를 태우러 차가 왔어요. 스탈린 동지의 명령으로!"

딩동, 딩동, 딩동, 딩동, 딩동.

아빠는 자리에서 벌떡 일어나더니 침대보로 몸을 감쌌다. 그러고는 마치 유령같이 멍한 눈으로 나를 바라보며 말했다.

"너는 침대에 가만히 있어."

나는 아빠가 현관으로 나갈 때까지 기다렸다가 슬그머니 부엌으로 갔다. 부엌의 어둑한 불빛 너머로, 땀에 젖은 아빠 등에 착 달라붙은 침대보가 보였다.

이윽고 현관문이 열렸다. 아빠는 몸을 밖으로 내민 채, 맞은편에 있는 누군가의 말에 귀를 기울였다. 얼마 뒤, 아빠가 몸을 돌렸다. 그런데 아빠 얼굴이 내가 여태껏 한 번도 본 적이 없는 표정을 짓고 있었다.

"아빠, 뭐가 잘못됐어요?"

아빠가 내게 뭐라고 대답할 새도 없이, 케이지비 제복을 입은 사람 세 명이 부엌으로 성큼성큼 걸어 들어왔다. 한 명은 장교였고, 다른 두 명은 일반 병사 같았다.

그들은 내가 서 있는 곳을 지나쳐 아빠를 따라 곧장 우리 방으로 이어지는 복도로 갔다. 맨 뒤에 따라가던 남자의 모자가 빨랫줄에 걸려 벗겨졌다. 그는 재빨리 모자를 잡아 눌러쓰고는 욕을 내뱉으면서 다른 사람들을 얼른 뒤따라갔다.

내가 방으로 다시 돌아갔을 때, 아빠는 한쪽 귀를 잡은 채 바닥에 앉아 있었다. 아빠가 나를 보려고 고개를 돌리자, 장교가 가죽 허리띠에 달린 권총집에 손을 넣어 총을 만지작거렸다. 아빠의 두 눈에 핏발이 서 있었다.

아빠가 쉰 목소리로 말했다.

"사샤, 걱정할 것 없어. 친구끼리 이야기 좀 나누는 거야."

그런데 병사들이 우리 물건을 마구 뒤지고 있었다. 서랍을 모두 뽑아 그 안에 든 물건을 바닥에 쏟았고, 책을 뒤집어 이리저리 흔들었다. 또 아빠의 침대 매트리스를 칼로 가른 다음 그 속을 꼼꼼히 뒤졌다. 무슨 비밀 장소라도 찾는지, 그들은 벽을 두드리면서 귀를 기울이기도 하고, 못이 느슨하게 박힌 부분을 열어 보기도 했다.

잠시 뒤, 우리는 찢기고 부서진 물건 더미 속에 있었다. 그들이 망가뜨리지 않은 유일한 물건은 스탈린 동지의 사진이 든 액자였다. 물론 액자 뒤쪽은 이미 살펴본 뒤였다.

아빠가 셔츠를 다 입기도 전에 병사들은 아빠를 끌고 방 밖으로 나갔다. 나는 아빠의 팔을 붙잡고 힘껏 매달렸다. 그제야 아빠 귀에서 흐르는 붉은 피가 보였다.

아빠가 다급하게 속삭였다.

"아빠하고 함께 있는 것보다 소년단에 들어가는 게 더 중요해. 내 말 듣고 있지?"

"입 다물어."

장교가 거친 목소리로 아빠에게 소리쳤다.

"앞으로 가."

장교는 나를 옆으로 밀쳤다.

복도에는 스투카초프가 서 있었다.

"접니다, 스투카초프. 제가 신고했습니다."

스투카초프가 병사들을 향해 싱글거리며 연방 머리를 조아렸다.

"스탈린 동지께서 당신의 신고 정신을 높이 평가하고 있소이다."

장교는 스투카초프에게 눈길도 주지 않은 채 말하고는 앞으로 계속 걸어갔다. 그는 겨드랑이에 아빠의 서류 가방을 끼고 있었다.

장교와 병사들, 아빠, 스투카초프, 그리고 나는 따닥따닥 붙은 채로 복도를 지나 부엌으로 들어갔다. 문득 고개를 들어 보니, 우리는 발을 맞추어 걷고 있었다. 왼발, 오른발, 왼발, 오른발, 왼발, 오른발. 마치 다 함께 행진이라도 하듯이.

스투카초프가 큰 소리로 물었다.

"장교 동지, 이 사내 녀석은 어떻게 합니까?"

"그 아이는 국가가 키울 것이오. 아침에 사람들이 아이를 데리러 올 것이오."

장교가 대답했다.

"현명하십니다. 그런 다음에는 저희가 이사를 들어가도 될

까요?"

장교는 아무 대답도 하지 않고 계속 걸어갔다. 그러자 스투카초프가 갑자기 그 자리에 멈춰 섰다. 그 바람에 나는 그에게 부딪혀 잠시 멈칫거렸다. 얼마 뒤, 내가 현관문에 다다랐을 때는 이미 장교와 병사들이 아빠를 데리고 계단을 내려가고 있었다.

"아빠, 아빠, 잠깐만요!"

장교가 갑자기 뒤로 휙 돌아보더니 열려 있던 현관문을 세차게 닫아 버렸다. 나는 문에 얼굴을 부딪치지 않으려고 뒤로 물러섰다가 곧바로 두 손으로 문을 밀었다. 하지만 문은 꿈쩍도 하지 않았다. 발로 세게 차 보았지만 아무런 소용이 없었다.

나는 얼른 창문으로 뛰어갔다. 저 아래 마당에서, 병사들이 아빠를 차 안으로 밀어 넣고는 자동차 문을 쾅 닫았다. 엔진이 부르릉거리더니, 자동차 바퀴가 쌓인 눈 속에서 뱅뱅 돌았다. 곧 자동차가 움직였다. 그와 동시에 자동차의 전조등이 창문으로 빛을 쏘아 올렸다. 성에가 잔뜩 낀 유리창이 순간 부옇게 변했다. 유리창이 원래대로 돌아왔을 때는 마당이 텅 비어 있었다.

방을 빼앗기다

순간 눈앞이 흐릿해졌다. 나는 손등으로 눈을 쓱 문질렀다. 손등에 눈물이 묻어났다. 그때 어딘가에서 빗자루로 바닥을 삭삭 쓰는 소리가 들려왔다. 귀를 기울여 보니 우리 방에서 나는 소리였다.

나는 얼른 방으로 가 보았다. 우리 방문이 활짝 열려 있었고, 스투카초프의 아내가 비질을 하고 있었다.

문득 고마운 마음이 들었다.

'참 좋은 아주머니야. 한밤중에 자다 일어나서 우리 방을 청소해 주시다니.'

그때 스투카초프의 아내가 누군가에게 말했다.

"여보, 빨리 짐을 옮겨요. 저 사람들, 전에도 변덕을 부렸잖아요."

나는 방 안을 들여다보았다. 스투카초프가 그 안에 있었다. 그는 나를 보고 잠깐 미소를 지었다. 부서진 물건들을 아빠 침대보 위에 차곡차곡 쌓는 중이었다. 침대보는 여전히 아빠의 땀으로 젖어 있었다.

잠시 후, 스투카초프는 침대보 모서리를 올려 묶더니, 복도에 나와 있는 우리 물건들 옆에 내려놓았다. 그 물건들 역시 모두 부서져 있었다.

곧이어 스투카초프 가족은 마치 내가 그곳에 없기라도 하듯 자기 물건들을 우리 방으로 옮기기 시작했다. 스투카초프의 어머니가 베개를 들고 방 안으로 들어갔다. 그들이 가구를 배치한 뒤, 자고 있는 아이들을 한 명 한 명 침대로 옮겨 이불을 덮어 주기까지 그리 오랜 시간이 걸리지 않았다.

모든 일이 하도 갑작스럽게 일어나서, 나는 우리 방을 스투카초프 가족과 함께 쓰게 된 것을 어떻게 받아들여야 할지조차 몰랐다. 내가 방 안으로 들어가려고 하자, 스투카초프가 문

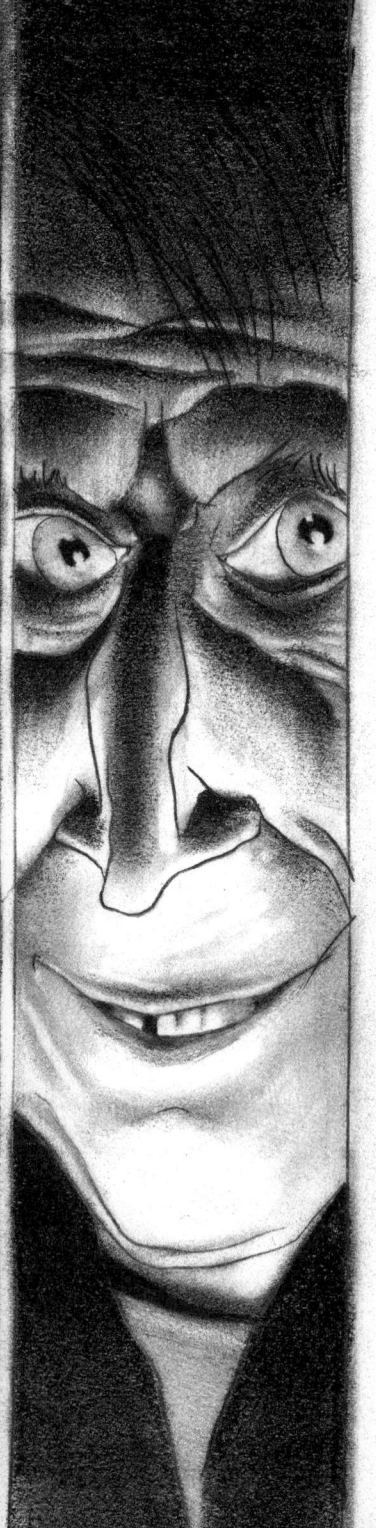

을 가로막았다. 나는 아랑곳하지 않고 문손잡이로 손을 뻗었다.

그 순간, 스투카초프의 손이 문손잡이를 꽉 움켜쥐었다. 그는 내게로 몸을 바싹 숙이고는 이렇게 말했다.

"네 아빠는 체포됐어. 여기에 네가 있을 자리는 없어."

나는 얼떨결에 뒷걸음질을 쳤다. 스투카초프는 흡족한 얼굴로 고개를 끄덕이고는 방 안으로 걸어 들어가 문을 쾅 닫았.

스투카초프가 아내에게 하는 말이 들렸다.

"저 아이는 곧 고아원을 좋아하게 될 거야. 착한 아이니까."

딸깍, 자물쇠가 잠겼다.

혼자 남겨지다

나는 한밤중에 혼자 밖에 나가 본 적이 없었다. 바람에 대문이 덜거덕거렸다. 밖을 내다보았다. 어두컴컴한 거리에는 아무도 없었다. 두려워할 만한 건 전혀 없었다. 그런데도 혼자 거리로 나가고 싶지는 않았다.

나는 마당으로 뒷걸음질쳐 가서 캄캄한 우리 방 창문을 올려다보았다. 스투카초프 가족이 우리 방에서 따뜻하고 편안하게 잠을 자고 있었다. 내일 그들은 다 부서진 우리 물건들을 내다 버릴 것이었다.

물론 그건 조금도 중요하지 않았다. 아빠와 나는 원래 개인이 재산을 가지는 것에 반대했으니까. 공산주의가 완벽하게 이루어지면 어차피 개인 재산은 사라질 것이었다. 하지만…….

나는 어떻게 해야 좋을지 곰곰이 생각해 보았다. 다시 집으로 들어가 부엌 바닥에서 잘까? 그렇다면 화덕 옆이 좋을 것이다. 하루 종일 요리를 했으니 아직은 따뜻할 터였다. 한 가족이 하나씩 쓸 수 있게, 불 나오는 구멍이 열두 개가 있는 커다란 쇠화덕이었다.

아빠는 엄마가 세상을 떠난 뒤, 음식을 데울 수 있는 휴대용 풍로를 방 안에 들여놓았다. 그리고 우리 몫의 화덕을 스투카초프에게 주었다. 스투카초프네는 가족이 많아서 화덕이 더 필요했기 때문이다.

이제야 왜 아빠가 "저 사람하고는 절대로 이야기를 나누지 마라. 너한테 들은 걸 이용해 먹을 사람이야."라고 했는지 알 것 같았다. 우리가 그를 생각해서 화덕을 기꺼이 내주었는데도 지금 이렇게 우리 방을 차지하고 있지 않은가.

어쩌면 방이 꼭 필요하지 않을지도 모른다. 누구나 방을 하나씩 갖고 있는 것은 아니니까. 마르파 이바노브나는 방이 없었다. 그녀는 화장실 옆에 있는 작은 창고에서 살았다. 또한

세메노프는 복도에 있는 커튼 뒤에서 잠을 잤다. 하지만 누구도 불평하지 않았다. 기분이 조금 나아졌다. 아빠가 돌아올 때까지 부엌에서 지내면 될 듯했다.

다시 현관문 쪽으로 가다가 눈 위에 선명하게 찍힌 자동차 바큇자국을 보았다. 바큇자국을 밟고 지나가다가 문득 그게 아빠를 잡아간 자동차의 바큇자국이라는 사실을 깨달았다. 나는 그 자리에 우뚝 멈춰 섰다. 이렇게 아파트로 돌아가는 것은 한없이 나약한 모습이라는 생각이 들었다. 미래의 소년단원에게 어울리지 않는 행동이었다. 아빠는 틀림없이 실수로 체포되었다. 스탈린 동지가 그 사실을 알아차릴 때까지 기다려야 했다.

스탈린 동지가 아빠 이야기를 들으려면 시간이 얼마나 걸릴까? 그분은 몹시 바쁠 텐데……. 우리 모두를, 그러니까 이 나라 곳곳에 있는 수많은 사람들을 돌보아야 하니까. 만약 케이지비가 오랫동안 스탈린 동지에게 아빠 이야기를 하지 않는다면? 며칠이 걸릴 수도 있다. 도대체 누가 알겠는가?

아빠는 내일 정오까지 소년단 발대식에 참석해야 했다. 이렇게 시간을 허비할 여유가 없었다. 그렇다면 내가 직접 스탈린 동지에게 말하는 수밖에.

붉은 광장

붉은 광장(모스크바에 있는 광장으로, 주변에 크렘린 궁전 등 주요 공공시설이 자리 잡고 있다.)은 을씨년스러웠다. 층층이 쌓인 자갈들 위로 시커먼 눈이 두껍게 쌓여 있었다.

나는 조금이라도 더 빨리 가기 위해 미끄럼을 타며 얼어붙은 거리를 내달렸다. 크렘린 궁전에서 반사된 붉은 불빛 위로 장화가 쉼 없이 미끄러져 갔다.

크렘린 궁전에 스탈린 동지의 집무실이 있었다. 누구나 그분의 집무실 창문을 알고 있었다. 그곳에는 밤새 불이 켜져 있었다. 우리의 위대한 지도자는 언제나 열심히 일했다.

내 마음은 어느새 스탈린 동지의 집무실에 들어가 있었다. 그분은 파이프 담배를 피우며 책상 앞에 앉아 있었고, 나는 그 앞으로 달려가 다급한 목소리로 외쳤다.

"이러고 계실 시간이 없습니다, 스탈린 동지. 저희 아빠가 체포되었습니다!"

스탈린 동지는 눈썹을 치켜세우며 전화기를 붙잡는다.

"특수 부대, 비상이다! 사샤의 아빠를 반역자들의 발톱에서 어서 빨리 구하라!"

그러나 현실은 그렇지가 못했다. 크렘린 궁전의 경비병들은 나를 보자마자 무섭게 소리를 지르면서 광장을 가로질러 뛰어왔다. 게다가 그들은 허리에 찬 권총까지 뽑아 들었다.

경비병 하나가 얼음 위로 미끄러져 와 나를 들이받았다. 그는 입김을 내뿜으며 욕설을 퍼붓더니, 어마어마하게 큰 장갑을 낀 주먹을 내 얼굴로 날렸다. 나는 재빨리 몸을 숙여 피하고는 뒤쪽으로 줄행랑을 쳤다.

경비병 가운데 하나가 호루라기를 불었다. 그러자 다른 경비병들도 일제히 호루라기를 불기 시작했다. 갑자기 사방팔방에서 경비병들이 몰려왔다. 하필 그때 경비병 하나가 눈길에 미끄러져 쓰러지는 바람에, 허리에 차고 있던 권총이 발사되었다.

  광장 맞은편 끝에서 검정색 자동차가 모퉁이를 돌아 달려왔다. 순간 전조등이 내 몸을 둘로 갈랐다.

고모의 눈물

나는 한참을 쉬지 않고 뛰었다. 그 바람에 숨이 턱까지 차올랐다. 계단을 느릿느릿 올랐다. 도대체 무슨 생각으로 그랬을까? 이런 얼간이! 아무나 크렘린 궁전으로 성큼성큼 걸어 들어가 스탈린 동지를 만날 수 있다고 생각하다니! 사방에 적이 있는 데다 국제 정세까지 어지러운 지금 같은 상황에서? 아빠 말이 맞았다. 나는 신중하지 못했다. 좀 더 치열하게 생각하지 못했다.

랄리사 고모의 아파트는 오층이었다. 나는 고모 집 현관문 앞에 멈춰 서서 초인종 아래에 붙어 있는 이름표를 찬찬히 살펴보았다. 고모부 이름 옆에 숫자 9가 쓰여 있었다. 나는 초인종으로 손을 뻗었지만 누르지는 않았다. 고모가 한밤중에 침대에서 일어나 초인종 수를 세면서 누가 찾아왔는지 헤아리기를 원치는 않았다. 나는 계단에 앉아 숨을 골랐다.

그런데 갑자기 문이 벌컥 열렸다. 랄리사 고모가 담요로 감싼 아기를 안은 채 서 있었다.

고모가 속삭였다.

"다 알고 있어. 아빠가 체포되었지, 그렇지?"

나는 벌떡 일어섰다.

아기가 갑자기 울음을 터뜨리자, 랄리사 고모가 살살 흔들어 주었다.

"울지 마, 아가야. 네가 어른이 되면 공산주의 세상에서 살게 될 거야."

나는 그렇게 말하면서 아기에게 간지럼을 태우려고 손을 뻗었다. 랄리사 고모는 화들짝 놀라며 아기를 재빨리 뒤로 뺐다.

그때 고모부가 문밖으로 몸을 쭉 내밀었다.

"너, 지금 뭐하는 거냐? 우리까지 힘들게 하고 싶니?"

"저는 아침까지만 이곳에 있으면 됩니다. 스탈린 동지가 사

실을 아시게 되면 아빠를 금방 풀어 주실 거예요."
"스탈린 동지?"
고모부는 이렇게 말하고는 웃음을 터뜨렸다. 무척 불쾌한 웃음이었다.
"웃지 마세요. 저는 내일 소년단원이 될 거예요. 그리고 아빠는……."
"얘야, 아빠는 이제 그만 잊으렴. 너의 아빠는 인민의 적이야. 모르겠니? 적의 아이가 소년단원이 될 수는 없어."

뒤이어 고모가 뭐라고 덧붙였지만, 아기가 우는 바람에 알아듣지 못했다.

"쉿! 조용히 해."

그때 고모부가 이렇게 소리쳤지만, 고모와 아기 중 누구한테 하는 말인지는 알 수 없었다. 둘 다 울고 있었다.

고모부는 손가락으로 내 가슴을 쿡 찌르며 말했다.

"더 이상 우리를 힘들게 하지 마. 지금 당장 꺼져."

그러고는 문을 쾅 닫아 버렸다.

내가 일층에 거의 다다랐을 때, 위층에서 문이 열리는 소리가 들렸다. 랄리사 고모였다. 나는 멈춰 서서 고모가 다가오기를 기다렸다. 고모가 오리라 생각했는데 정말로 와 주었다.

랄리사 고모는 두 팔을 뻗어 나를 끌어당겼다. 아주 가까이에서 고모 얼굴을 보니 아빠와 제법 많이 닮아 있었다. 물론 아빠가 우는 걸 본 적은 없었지만.

나는 확신 어린 목소리로 말했다.

"고모부가 틀렸어요. 아빠는 인민의 적이 아니에요. 고모는 아시죠? 그렇죠?"

랄리사 고모는 고개를 끄덕이며 내 머리를 토닥거렸다. 아니, 어쩌면 헝클어진 내 머리카락을 가다듬어 주려 했던 것일 수도 있다. 둘 중 어떤 것인지는 잘 모르겠다.

"미안하구나, 사샤. 우리가 너를 집 안으로 들이면 우리도 체포당하게 될 거야. 우리한테는 아기가 있어. 우리는 살아남아야 해."

고모는 뭔가를 내 손에 쥐어 주고는 황급히 위층으로 뛰어 갔다. 돈이었다. 사실 지금 나한테는 돈이 필요했다. 고마웠다. 비록 큰돈은 아니었지만, 아침에 전차를 타고 학교에 갈 수 있을 만큼은 되었다.

내일은 괜찮아질 거야

    나는 고모네 아파트 지하실에서 헌 신문지 더미를 찾아냈다. 스탈린 동지의 사진이 실린 면은 구기지 않으려고 옆으로 밀쳐 놓았다. 그런 뒤, 따뜻한 파이프 아래에 신문지를 깔고 잠자리를 만들었다. 급하게 만든 잠자리였지만 그리 나쁘지는 않았다. 지하실은 아늑했다.
    나는 결혼하기 전의 랄리사 고모를 마지막으로 보았던 때를 떠올렸다. 아빠는 나를 차에서 내려 주며, 엄마가 아파서 병원에 데려가야 한다고 말했다. 그 뒤로 나는 고모 방에서 지냈다. 학교에도 가지 않았다. 아빠는 이틀 뒤에 왔다. 그런데 엄마가

 병원에서 치료를 받다가 죽었다고 말했다. 내가 울음을 터뜨리자, 랄리사 고모가 나를 꼭 안아 주며 아빠에게 말했다.
 "오빠는 꼭 죄를 지은 것 같은 표정이네요. 슬픈 표정이 아니라……."
 아빠는 랄리사 고모 말에 아무런 대꾸도 하지 않은 채 나를 집으로 데려갔다. 분명히 엄마의 장례식이 있었을 텐데……. 아빠는 나를 장례식에 데려가지 않았다. 이번에 아빠를 만나면 그 이유를 꼭 물어봐야겠다.
 머리 위 파이프에서 쉭쉭거리는 소리가 났다. 누군가 전축을 켠 모양이었다. 멀리서 음악 소리가 들렸다. 나는 그동안 행진곡만 들었는데, 이 노래도 자못 마음에 들었다. 잔잔하고 아름다운 선율을 듣다 보니 마음이 차분하게 가라앉았다.

그때 랄리사 고모는 왜 아빠한테 죄지은 사람 같은 표정이라고 말했을까? 사실 내 눈에는 그렇게 보이지 않았다. 아빠가 정말 슬퍼 보였다. 아빠는 엄마를 구하지 못한 일을 두고 오래오래 스스로를 탓했다. 아빠 책임이 아니었는데……. 아빠는 그렇게 책임감이 강한 분이었다.

나는 신문지를 머리 위로 끌어당기며 내일을 생각했다.

'내일은 모든 것이 나아지겠지. 내일 스탈린 동지가 아빠를 구해 줄 거야. 내일 나는 소년단원이 될 거야.'

나는 까무룩 잠이 들었다가 꿈을 꾸었다. 소년단 발대식이 열리고 있었다. 아빠가 미소를 지으며 소년단 스카프를 내 목에 매어 주었다. 그러다가 누군가 마당에서 얼음을 긁어내는 소리를 듣고 놀라 눈을 떴다. 내 머리 위에 있는 작은 창문이 아침 햇살을 받아 환하게 빛나고 있었다.

순간, 내가 왜 여기에 누워 있는지 기억이 나지 않아 어리둥절해하였다. 그러다가 어제 일어난 일들을 순서대로 하나하나 기억해 냈다.

미친 전차

나는 계단을 후다닥 뛰어올라 밖으로 나갔다. 거리는 서둘러 직장으로 가려는 사람들과 음식 배급을 타려고 줄을 선 사람들, 그리고 전차를 타려고 밀치락달치락하는 사람들로 바글거렸다. 길모퉁이에 있는 확성기에서 국가가 울려 퍼졌다. 국가는 늘 8시 45분에 울렸다. 그 말은 곧, 내가 학교에 지각했다는 뜻이었다.

나는 서리가 끼어 하얗게 된 전차를 뒤쫓기 위해 부리나케 뛰었다. 전차는 얼어붙은 선로 위로 쇳소리를 내며 달리고 있었다. 얼어붙은 차창 위로 크고 작은 고드름이 대롱대롱 매달

려 있었다.

 나는 전차에 간신히 올라탔지만, 사람이 너무 많아서 안쪽으로 들어갈 수가 없었다. 그래서 난간을 겨우 붙잡은 채 문에 매달려 있었다. 전차는 덜컹거리며 빠르게 내달렸다. 점점 더 속도를 높이더니 경사진 거리를 순식간에 지나갔다.

 차디찬 공기가 내 얼굴을 때렸다. 모스크바가 회오리바람 속에서 획획 지나갔다. 어젯밤에 온갖 나쁜 일을 다 겪었음에도 불구하고, 이 미친 전차 타기가 신나고 재미나서, 나는 하하 큰 소리로 웃음을 터뜨렸다.

눈깔 네 개

내가 학교에 막 도착했을 때 눈이 다시 내리기 시작했다. 아이들이 운동장에 나와 눈싸움을 하고 있었다.

나는 눈싸움을 무척 좋아했다. 전쟁 대비 훈련 수업에서 명사수 상을 세 번이나 받았기 때문에, 모두들 나를 자기 팀에 넣고 싶어 안달했다. 나는 한 팀을 골랐다. 우리 팀이 곧 공격을 시작했다.

그런데 보브카 소바킨이 내게 시비를 걸었다.

"저리 비켜, 이 미국 놈아!"

보브카가 나를 거세게 밀어붙였다. 우리는 몸싸움을 하다가 함께 눈 더미 속에 처박혔다. 보브카는 우리 엄마 때문에 나를 '미국 놈'이라고 불렀다. 예전에 나는 보브카와 단짝 친구였다. 그렇다고 해도 엄마 이야기를 하는 게 아니었다. 아빠가 엄마 이야기는 다른 사람에게 절대로 하지 말라고 당부했는데…….

"그만 좀 할퀴지?"

나는 이렇게 툭 내뱉으며 보브카를 옆으로 밀치고 일어섰다. 그때 보브카가 "인민의 적에게 죽음을!"이라고 외쳤다. 나는 그 소리를 듣고 그 자리에 얼어붙었다. 보브카는 아빠가 잡혀 간 걸 벌써 아는 걸까?

슬그머니 뒤를 돌아보니, 보브카가 눈 뭉치를 집어 들고 있었다. 다행히 내게 던지지는 않았다. 그 눈 뭉치는 눈깔 네 개를 향해 날아갔다. 보브카를 시작으로, 몇몇 아이들이 재빨리 줄을 지어 섰다. 마치 총살을 집행하는 군인들처럼……. 아이들은 벽에 기대 서 있는 눈깔 네 개에게 연거푸 눈 뭉치를 날렸다. 눈깔 네 개는 몸을 구부리며 안경을 보호하기 위해 얼굴을 가렸다.

눈깔 네 개의 진짜 이름은 보르카 핀켈슈타인인데, 우리 반

에 딱 한 명뿐인 유대 인이었다. 올해 초에 부모가 체포되는 바람에, 지금은 친척 집에 살고 있었다. 우리는 보르카가 안경을 썼다는 이유로 눈깔 네 개라고 불렀다. 사실 우리는 노동자나 농부 외에, 책을 많이 읽은 사람은 누구나 '눈깔 네 개'라고 불렀다. 그리고 그것은 사실이었다. 보르카는 책을 많이 읽었다.

"쟤한테 던져, 미국 놈아!"

보브카는 내 손에 억지로 눈 뭉치를 쥐어 주려고 했다. 눈 뭉치는 얼음처럼 딱딱해서 맞으면 진짜로 아플 것 같았다. 나는 눈깔 네 개에게 눈 뭉치를 던지고 싶지 않았다.

보브카가 외쳤다.

"동지들, 사샤가 적에게 총 쏘기를 거부한다!"

누군가 소리쳤다.

"반역자!"

"인민의 적!"

"우리와 함께하지 않는 자는 모두 적이다."

보브카는 이렇게 말하고는 씩 웃으며 눈 뭉치를 높이 쳐들었다. 내가 어떻게 하는지 보려고 다들 나를 뚫어지게 바라보았다.

 바로 그때, 눈깔 네 개가 기회다 싶었는지 눈 뭉치를 내 쪽으로 던졌다. 눈 뭉치가 내 귀를 때렸다. 그 아이는 장님이나 다름없었기 때문에 운이 좋았다고밖에 할 수 없었다. 아이들이 깔깔 웃었다.

 나는 순간적으로 욱한 나머지, 보브카의 손에 있는 눈 뭉치를 빼앗아 눈깔 네 개에게 던졌다. 눈 뭉치가 눈깔 네 개의 얼굴을 때리는 순간, 뚝 하는 소리가 커다랗게 났다. 곧이어 안경이 부러지면서 안경알이 산산이 부서졌다. 그리고 유리 조각 하나가 그 아이의 뺨을 스치며 베었다.

세상에서 가장 완벽한 교실

내 책상은 교실에서 첫째 줄 한가운데에 있었다. 우리 반 담임인 니나 페트로브나 선생님의 책상 바로 앞이었다. 선생님은 늘 최고의 학생을 이 자리에 앉혔다. 전에는 보브카가 여기에 앉았는데, 나쁜 짓을 하도 저질러서 지금은 교실 맨 뒷자리에 앉아 있었다.

우리는 뒷자리를 '시베리아'라고 불렀다. 시베리아는 스탈린 동지가 시민들과 함께 살면서 일할 자격이 없는 사람들을 유배 보내는 곳이었다.

보브카는 모범생이었다. 언제나 시험지를 가장 먼저 냈고,

학점을 A 아래로 받은 적이 없었다. 뒤처진 학생들을 곧잘 도와주기까지 했다. 글씨도 빼어나게 잘 썼으며, 미술에도 뛰어난 재능이 있었다. 보브카가 미술 경연 대회에서 일등을 했을 때, 교장 선생님은 그 애가 그린 〈키를 조정하는 스탈린 동지〉를 학교 중앙 현관에 내걸었다.

그런데 어느 날 갑자기 보브카가 달라졌다. 보브카에게 무슨 일이 일어났는지는 아무도 알지 못했다. 하지만 성적이 밑바닥으로 곤두박질쳤고, 나쁜 행동을 하고 다닌다는 얘기가 선생님들 귀에 들어갔다. 그러자 보브카의 그림이 중앙 현관에서 사라져 버렸다.

니나 페트로브나 선생님이 말했다.

"여러분, 좋은 소식이 있어요. 공산주의자의 영웅이시자 우리가 사랑하는 케이지비 최고의 요원이시며, 무엇보다 우리 반 친구의 아버지이신 자이치크 동지께서 오늘 소년단 발대식에 참석해 새 소년단원들에게 직접 스카프를 매 주실 거예요. 정말로 멋진 일이죠?"

아이들의 시선이 한꺼번에 내게로 쏠렸다. 나는 어쩔 수 없이 자리에서 일어나 니나 페트로브나 선생님이 항상 우리에게 일러 주었던 자세를 취했다. 등을 곧게 펴고, 팔짱을 끼고, 선생님을 올려다보는……. 나는 다른 아이들 눈에 초조해 보이지 않기를 바랐다.

'아빠가 늦지 않게 오실까? 누군가 벌써 스탈린 동지께 말씀드린 걸까? 틀림없이 누군가 그렇게 했을 거야. 케이지비는 잘 정비된 조직이니까. 지금쯤 스탈린 동지가 이렇게 명령을 내렸을 거야. '당장 자이치크를 석방하라!' 이렇게 간단한 일이었던 거야. 스탈린 동지는 자비로우면서도 뛰어난 천재니까. 라디오에서 늘 그렇게 말하잖아.'

"사샤, 너도 오늘 소년단원이 될 거야."

니나 페트로브나 선생님이 세상에서 가장 부드럽고 따뜻한 미소를 지었다.

"소비에트 소년단 규칙을 우리에게 암송해 줄 수 있겠니? 얘들아, 잘 듣고 사샤를 따라 해."

나는 크고 또렷하게 말했다.

"소년단원은 스탈린 동지와 공산당, 그리고 공산주의에 헌신한다."

모두들 나를 따라 소비에트 소년단 규칙을 읊기 시작했다.

그때, 니나 페트로브나 선생님이 갑자기 멈추라는 뜻으로 손을 들었다. 그러고는 매우 엄한 목소리로 말했다.

"보브카, 지금 뭐하고 있니? 넌 사샤를 따라 하지 마. 넌 소년단원이 될 수 없다는 걸 누구보다 잘 알 텐데."

보브카는 아무 말 없이 어깨만 으쓱했다.

니나 페트로브나 선생님은 다시 나를 바라보며 미소를 지었다.

"계속하렴, 사샤."

"소년단원은 믿음직한 공산당원으로서 언제나 양심에 따라 행동한다."

"일어나, 보브카!"

니나 페트로브나 선생님이 소리를 버럭 질렀다.

"어떻게 감히 네가 사샤를 따라 신성한 소년단 규칙을 읊조리는 거야? 당장 구석으로 가, 이 범죄자 녀석아!"

이것이 바로 니나 페트로브나 선생님의 교육 방식이었다. 선생님은 매사에 다정하고 공정했지만, 필요한 경우에는 세상 그 누구보다 엄격했다. 내가 보기에, 니나 페트로브나 선생님은 우리 학교에서 가장 훌륭한 선생님이었다.

보브카는 의자에서 미끄러지듯 빠져나오더니, 우스꽝스러운 표정을 지은 채 벽 쪽으로 절뚝거리며 걸어갔다. 모두들 까르르 웃었다.

"벽을 보고 서 있어, 보브카!"

니나 페트로브나 선생님은 고개를 내게로 돌리더니 또다시 미소를 지었다. 하지만 나는 선생님이 지금 무척 화가 나 있다는 걸 알아차렸다. 선생님 얼굴이 온통 시뻘겠다.

"사샤, 미안하구나. 더 이상 방해하지 않을게. 자, 계속하렴."

니나 페트로브나 선생님은 보브카를 주시하면서 여차하면 꾸지람을 할 태세를 취하고 있었다. 하지만 보브카는 조용했다. 나는 소년단 규칙을 다시 외었다. 이미 여섯 살 때부터 이 규칙들을 빠삭히 외우고 있었다. 내가 '소년단원은 단점을 비난할 권리가 있다.'라는 대목을 외울 때, 문이 열리면서 눈깔 네 개가 발을 질질 끌며 들어왔다.

눈깔 네 개에게 눈 뭉치를 던지기 전에 좀 더 신중했어야 했다. 눈깔 네 개는 피 묻은 손수건으로 뺨을 누르고 있었다. 안경은 어떻게 했는지 보이지 않았다. 그 모습을 보고 반 아이들이 깔깔거리고 웃었다.

니나 페트로브나 선생님이 말했다.

"이렇게 즐거운 일이 있나! 보르카 핀켈슈타인, 소년단에 들어갈 수 없는 아이의 또 다른 본보기를 아주 멋지게 보여 주고 있구나."

이어 니나 페트로브나 선생님은 보브카를 째려보며 말했다.

"보브카 짓이지? 틀림없어."

"제가 그러지 않았습니다."

"내가 네 말을 믿을 것 같니?"

니나 페트로브나 선생님이 차갑게 쏘아붙였다.

"보르카, 무슨 일이 있었던 거니?"

눈깔 네 개는 니나 페트로브나 선생님을 곁눈질로 힐끗 보았다. 그러다 몸이 조금 휘청거렸다.

"보르카, 몸을 앞뒤로 흔들지 마. 여긴 유대 교회가 아니야."

니나 페트로브나 선생님 말에 아이들은 또다시 깔깔깔 웃음을 터뜨렸다.

"말해 봐, 보르카."

니나 페트로브나 선생님이 다시 한 번 다그쳤지만 눈깔 네 개는 아무 말도 하지 않았다.

"자, 모두 집중하도록 해요. 우리는 지금 소중한 교훈을 배우고 있어요. 우리나라에서는 적의 아이에게조차 선택할 수 있는 기회를 주지요. 우리에게 협력할 것이냐, 아니면 다른 길로 갈 것이냐 하는 선택을 말이죠."

니나 페트로브나 선생님은 심각한 표정으로 우리를 바라보았다.

"보르카는 당국에 협력하는 것을 거부했어요. 여기서 당국은 바로 나, 여러분의 선생님입니다. 자본주의 국가에서는 보르카를 다시 교실 안으로 받아들일지, 아니면 교장실로 보내 벌을 받게 할지를 선생님이 결정해요. 그러나 명심하세요, 여러분. 우리 소련의 교실은 세상에서 가장 민주적이에요. 여러

분이 여러분의 운명을 결정하게 되니까요. 여러분은 투표를 할 거예요. 자, 보르카를 교장실로 보내는 것에 찬성하는 사람은 손을 들어 봐요."

나를 제외한 모든 아이들의 손이 위로 쑥 올라왔다.

니나 페트로브나 선생님이 내게로 고개를 돌렸다. 선생님은 내가 손을 들지 않아서 무척 놀란 듯했다.

"사샤, 너는 아직 결정하지 않은 거니? 아니면 반대하는 거니?"

"걔가 그랬어요. 걔가 보르카의 안경을 깨뜨렸다고요."

보브카가 벽에 대고 말했다.

"보브카, 단 한마디도 더 하지 마. 안 그러면 너도 교장실로

가게 될 거다. 사샤는 헌신의 본보기야. 사샤는 영웅의 아들이야. 너하고는 근본부터 달라."

니나 페트로브나 선생님은 내게로 걸어와 내 어깨에 두 손을 얹고 내 눈을 똑바로 바라보았다.

"사샤, 선생님은 오늘 소년단 발대식에서 너를 기수로 뽑아 달라는 건의서를 제출했단다. 네가 붉은 깃발을 들고 중앙 현관으로 들어오는 모습을 보고 네 아버지가 얼마나 자랑스러워하시겠니?"

곧이어 니나 페트로브나 선생님은 슬픈 표정을 짓고는 한숨을 푹 내쉬었다.

"물론 나는 건의서를 도로 거두어들여야 할지도 몰라. 다수의 의견에 반대를 던진 사람에게 신성한 깃발을 들도록 허락할 수는 없으니까. 사샤, 너는 똑똑한 아이야. 내 말이 무슨 뜻인지 이해할 거야."

아이들은 손을 높이 든 채로 나를 바라보았다.

니나 페트로브나 선생님이 나지막이 말했다.

"어떻게 할래, 사샤? 찬성이니, 반대니?"

나는 손을 들고 말았다.

붉은 깃발

지하실에 창고가 있었다. 나는 창고 문을 두드렸다. 하지만 아무런 반응이 없었다. 그래서 다시금 문을 두드렸다.

관리인 마트베이치는 반귀머거리였다. 지금 자고 있는 게 틀림없었다. 세상에는 무턱대고 무식한 사람들이 있게 마련이었다. 그런 사람들은 공산주의로 나아가는 우리의 행진을 더디게 만들었다.

나는 더 세게 문을 두드렸다. 문이 열릴 때까지 계속 두드릴 작정이었다. 니나 페트로브나 선생님이 깃발을 가져오라고 하였다. 깃발 없이는 돌아갈 수 없었다.

한참 만에 마트베이치가 문을 빠끔 열고 의심스러운 눈초리로 나를 보았다. 그는 누구에게든 창고 안을 내보이는 법이 없었다. 그래서 그가 창고 안에 도대체 무엇을 숨기고 있는지 늘 궁금했다.

나는 니나 페트로브나 선생님의 요청서를 건넸다. 마트베이치는 요청서를 가만히 보며 입술을 움직였다.

"누가 여기에 서명했지?"

"니나 페트로브나 선생님이요."

"그런 것 같지 않은데? 도장은 어디 있지?"

"무슨 도장이요?"

"교장 선생님 도장……. 그것 말고 또 뭐가 있겠어? 여긴 아무나 올 수는 있는 데가 아니야. 교장 선생님 도장이 없으면 북도, 나팔도, 깃발도 내줄 수 없어. 명심해. 우린 지금 국가 재산에 대해 이야기하고 있다고."

나는 마트베이치에 대한 생각을 바꾸었다. 무식하기만 한 사람이 아니었다. 단지 그는 경계심을 품고 있을 뿐이었다.

나는 요청서를 다시 받아 들고 교장실로 쏜살같이 올라갔다. 서둘러야 했다. 니나 페트로브나 선생님은 소년단 발대식

예행 연습을 이미 시작했다. 깃발을 들고 가는 것은 소년단 발대식에서 가장 중요한 부분이었다.

    교장실 앞에 눈깔 네 개가 앉아 있었다. 녀석이 나를 보며 미소를 지었다.

    나는 사과를 했다.

    "안경 깨뜨린 거, 정말로 미안해."

    눈깔 네 개는 어깨를 으쓱해 보였다.

    "보브카가 왜 너를 미국 놈이라고 부르는 거야?"

    나는 보브카에게 엄마 얘기를 하지 말았어야 했다고 또다시 생각했다.

"우리 엄마가 미국 사람이었어. 이건 아무한테도 말하면 안 돼. 알았지?"

눈깔 네 개는 눈을 가늘게 뜨고 나를 보았다.

"그래서 엄마가 체포되어 총살당했니?"

"그게 무슨 뜻이야? 당연히 아니야. 우리 엄마는 공산주의를 건설하기 위해 미국에서 소련으로 오셨어."

눈깔 네 개는 고개를 끄덕였다.

"케이지비는 외국인은 죄다 스파이라고 생각해."

"우리 엄마는 스파이가 아니야! 진짜 공산주의자셨어."

"우리 엄마랑 아빠도 진짜 공산주의자셨어. 그런데 두 분은 지금 루비얀카 교도소에 계셔. 인민의 적으로 지목되어서."

나는 눈길을 다른 데로 돌렸다. 루비얀카 교도소는 케이지비 건물 지하에 있었다. 아빠 사무실이 바로 그 교도소 위에 있었다.

"지난주에 이모랑 거기에 갔더랬어. 이틀 동안 줄을 서서 기다렸지. 그런데 막상 문 앞에 다다르니까, 케이지비가 엄마와 아빠를 만나지 못하게 했어. 면회할 권리가 없다나. 이모 말로는, 죄수가 이미 총살을 당했을 경우에 그렇게 말한대. 하지만 나는 이모가 거짓말하고 있다는 걸 알아. 우리 부모님은 살아 계셔. 나는 두 분을 꼭 만나러 갈 거야."

눈깔 네 개는 갑자기 몸을 내 쪽으로 기울이더니 내 팔을 꽉 붙잡고 빠르게 속삭였다.

"너는 그 안으로 들어갈 수 있어. 네 아빠가 거기에서 일하시잖아. 누군가 경비병들의 신경을 딴 데로 쏠리게 도와주기만 하면 되는데……. 어때, 사샤? 만약 네 아빠가 교도소에 갇히게 되면 내가 그 일을 해 줄게."

나는 팔을 잽싸게 뒤로 뺐다. 그 바람에 눈깔 네 개가 바닥으로 쓰러졌다. 나는 눈깔 네 개에게 손을 내밀었다. 하지만 그 애는 내 손을 훅 밀쳐 버렸다. 그러고는 스스로 일어나 벽에 기대앉더니 눈을 가늘게 뜨고 다시 나를 바라보았다. 미소를 지으면서…….

"도와주지 않아도 돼. 내 힘으로 그 안에 들어갈 테니까."

눈깔 네 개는 미친 게 틀림없었다.

스탈린 동상의 코

마트베이치는 문틈으로 깃발을 삐죽 내밀며 말했다.
"접힌 채로 가져가."
나는 깃발이 이렇게 무거울 줄 몰랐다. 무거운 만큼 깃발이 더 중요하게 여겨졌다. 나는 깃발을 어깨 위로 올리고는 계단을 올라 중앙 현관으로 들어갔다. 중앙 현관은 텅 비어 있었다. 아이들은 모두 교실에 있었다.
나는 깃발을 함부로 다루면 안 된다는 것을 잘 알고 있었다. 하지만 어떻게 생겼는지 궁금해서 줄을 슬쩍 풀어 보았다. 황금색 술로 장식된 묵직한 천이 모두 펴질 때까지 깃대를 계속 돌렸다. 깃발은 정말 아름다웠다. 색깔은 공산당의 큰 뜻을 위해 동지들이 흘린 피의 색과 똑같은 붉은색이었다. 그 위에 반원 모양으로 '항상 준비되어 있습니다'라는 소년단의 모토가 씌어 있었다. 그 밑에는 황금색 실로 수놓은 장식과 함께 스탈린 동지의 옆얼굴이 빛나고 있었다.

중앙 현관의 한쪽 모퉁이에는 스탈린 동지의 석고 동상이 창문과 창문 사이에 놓여 있었다. 가슴 윗부분만 있는 동상이었는데, 진짜 살아 있는 것처럼 보였다. 마치 스탈린 동지가 나를 바라보고 있는 것만 같은 기분이 들었다. 나는 깃대를 머리 위로 높이 쳐들고는 스탈린 동지를 향해 씩씩하게 행진했다.

행진을 하고 있노라니, 문득 내가 일 년 중 가장 좋아하는 날인 메이데이(노동자의 날인 5월 1일) 때의 행진이 떠올랐다.

금관 악기 연주 소리가 요란하게 울려 퍼지는 가운데, 빨간 깃발을 흔들며 "스탈린 동지, 만수무강하소서!"라고 외치는 사람들의 모습이 보였다. 붉은 군대의 탱크가 광장으로 줄지어 들어오자 땅이 마구 흔들렸다. 구름 한 점 없는 하늘에서는 전투기가 대형을 이뤄 스탈린이라는 글자를 만들어 냈다.

아빠가 지금 내 모습을 볼 수 있다면 얼마나 좋을까? 무척

자랑스러워하실 텐데. 나는 어느새 소년단원이 되어 붉은색과 황금색으로 꾸며진 무개차(덮개나 지붕이 없는 자동차) 위에 올라타고 퍼레이드를 하고 있었다. 깃발을 최대한 높이 들고 앞을 똑바로 바라보았다.

내 눈에 보이는 것은 휘황찬란한 공산주의의 미래였다. 그것을 구체적으로 묘사하기는 어렵지만, 나는 분명히 그러한 미래가 있으리라고 믿었다. 믿음이 있다는 것은 매우 중요한 일이었다. 무언가를 진심으로 믿으면, 그대로 이루어지게 마련이니까.

무개차가 웅장한 대리석 기념관 옆을 지나갔다. 그곳에서 우리의 위대한 지도자이자 스승이신 스탈린 동지가 장군들과 함께 퍼레이드를 지켜보고 있었다. 그분이 나를 향해 손을 흔들었다. 그분의 두 눈이 다정하게 빛났다.

"동지들, 우리가 싸우는 것은 바로 이것 때문이오. 이 소년단은 우리 공산주의의 미래입니다. 얘야, 네 이름이 뭐지?"

"제 이름은 사샤 자이치크입니다, 스탈린 동지."

나는 무개차 위에서 소리쳤다.

"동지께서는 저의 아빠에게 붉은 훈장을 수여하고, '우리의 심장부에서 해충을 청소하는 강철 빗자루'라고 부르셨습니다."
"아, 자이치크."
스탈린 동지는 미소를 지으며 고개를 끄덕였다.
"우리의 영웅이자 헌신적인 공산주의자인 그 사람을 잘 알고 있지."
내가 다급하게 소리쳤다.
"스탈린 동지, 끔찍한 실수가 있었습니다. 아빠가 체포되었습니다!"
이어서 그 어떤 메이데이에도 일어난 적이 없는 일이 이어졌다. 퍼레이드가 뒤로 움직이기 시작했다. 그냥 단순히 뒤로 움직이는 것이 아니었다. 사람들이 붉은 광장을 가로지르며 천둥처럼 울리는 스탈린 동지의 우렁찬 목소리를 피하려고 이리저리 날뛰었다.
"스파이! 반역자! 인민의 적! 누가 이런 실수를 저질렀느냐? 책임자가 누구야? 그들을 체포하라! 모조리 체포해!"
나는 무개차에서 떨어져 군중들 쪽으로 쓰러졌다. 곧 겁에 질려 우르르 달아나는 시민들 속으로 휩쓸렸다. 이제 스탈린 동지가 앉아 있던 대리석 기념관이 보이지 않았다. 나는 깃발을 가슴에 꼭 안았다.

그런데 정신을 차리고 보니, 어떻게 된 영문인지 나는 붉은 광장에 서 있지 않았다. 내가 있는 곳은 여전히 중앙 현관이었다. 나는 스탈린 동상을 향해 머리를 내밀며 무작정 뛰어갔다. 그런데 깃대가 내 손에서 총알처럼 빠져나가더니, 뾰족한 쇠붙이 끝이 스탈린 동지의 코를 내리쳤다. 순간, 스탈린 동지의 얼굴에서 코가 툭 떨어졌다. 석고 가루가 창문으로 비쳐드는 은은한 빛살에 반사되어 반짝이다가 코가 놓인 바닥 주위로 천천히 떨어져 내렸다.

나는 맨 먼저 부서진 코를 보았다. 그다음에는 바닥에 펼쳐져 있는 깃발을 보았다. 그리고 스탈린 동상을 올려다보았다. 코가 부서져 버린 스탈린 동상을. 앞으로 무슨 일이 일어날지 깨닫는 데는 그리 오래 걸리지 않았다.

첫째, 나는 절대로 소년단원이 되지 못할 것이다. 둘째, 교장 선생님이 케이지비에 전화해 학교에서 일어난 테러 행위를 신고할 것이다. 셋째, 테러 행위를 누가 저질렀는지 모두 알게 될 것이다. 그러면 나는 군인들에게 체포될 것이다.

우리 아빠는 누군가의 실수로 잡혀 갔지만, 나는 명백하게 실수가 아니었다. 나는 체포되는 게 당연했다. 위대한 영웅이며 진정한 공산주의자인 아빠를 둔 내가 인민의 적이 되었다. 나는 소비에트의 귀중한 재산을 망가뜨렸다.

아니, 그게 다가 아니었다. 나는 신성한 스탈린 동상을 망가뜨렸다. 물론 일부러 그런 것은 아니었다. 사고였다. 깃대를 놓치는 바람에 벌어진 사고. 이런 일은 누구한테나 일어날 수 있었다. 그러나 누가 내 말을 믿어 준단 말인가? 지금 내게 일어난 사고를 지켜본 사람이 없었다.

그때, 누군가의 그림자가 부러진 코 위로 지나갔다. 발자국 소리가 들렸다. 나는 곧바로 뒤를 돌아보았다. 아무도 없었.

그 순간, 학교 종이 폭발음처럼 울렸다. 일 초 뒤면, 교실 문이 활짝 열리고 아이들이 뛰어나와 내가 저지른 일을 알게 될 것이었다. 나는 벌떡 일어나 깃발을 낚아채고는 가장 가까이에 있는 문을 향해 뛰었다. 남자 화장실이었다.

난 네가 한 일을 알고 있다

변기와 변기 사이에는 문이나 칸막이가 따로 없었다. 그래도 나는 눈에 띄지 않으려고 가장 먼 곳에 있는 변기로 후다닥 뛰어갔다. 깃발이 물기 있는 바닥에 닿지 않도록 조심하면서 변기 앞에 엉거주춤하게 섰다. 심장이 쿵쾅쿵쾅 뛰었다.

아이들은 이제 중앙 현관에 모여 있었다. 웃음 소리와 비명 소리와 발 구르는 소리가 너무 요란해 바닥이 흔들릴 지경이었다. 아니면 내 몸이 떨리고 있는 걸까?

지금은 소년단 발대식을 앞두고 보내는 마지막 쉬는 시간이었다. 나는 아빠가 반듯하게 접어서 내 심장 바로 위 주머니에 넣어 주었던 소년단 스카프의 감촉이 느껴지는 듯했다. 스카프는 내가 아파트에서 가지고 나온 유일한 물건이었다. 나는 눈을 감았다.

'친애하는 스탈린 동지, 코를 부러뜨려서 정말로 죄송해요. 제가 동지를 얼마나 사랑하는지 아시죠? 제가 얼마나 소년단원이 되고 싶어 하는지도 아실 거예요. 제가 소년단원이 될 수 있도록 도와주세요. 저는 동지의 최고 소년단원이 될 것입니다. 약속합니다.'

내 다짐이 끝나자마자 바깥에서 나던 소란이 멈추었다. 누군가가 낄낄 웃었다. 이어서 참고 참았지만 어쩔 수 없다는 듯 또다시 낄낄거리는 소리가 들렸다. 그리고 계단을 후다닥 뛰어 올라가는 소리가 들렸다.

잠시 뒤, 니나 페트로브나 선생님의 목소리가 들려왔다.

"뒤로 물러서요, 여러분! 뒤로 물러서! 지금 당장 모두 교실로 돌아가요!"

나는 곧바로 결정을 내렸다. 내가 지금 할 일은 니나 페트로브나 선생님의 지시에 따르는 것이었다. 선생님은 깃발을 가져오라고 했고, 나는 지하실에서 깃발을 받았다. 교실로 돌아가는 길에 일어난 일을 내가 바꿀 수는 없는 것이었다. 때가 되면 나는 그 일에 대한 대가를 치를 것이다. 지금 당장은 깃발을 교실로 가져가야 한다.

깃발을 다시 접으려고 하자 손이 마구 떨렸다. 한참 동안 애를 쓴 끝에 겨우 깃발을 말끔하게 접었다. 나는 숨을 깊이 들이마신 뒤, 깃발을 어깨 위로 올리고 문을 향해 손을 뻗었다.

그때 문이 덜컥 열렸다. 보브카였다. 그 애는 내 손에서 깃발을 빼앗더니, 총검이 달린 소총인 양 나를 이리저리 쿡쿡 찔렀다. 그것은 전쟁 대비 훈련 시간에 배운 것이었다.

"어린애 같긴……. 보브카, 돌려줘."

나는 목소리를 차분하게 가라앉히려고 애쓰며 말했다.

하지만 보브카는 내 말을 무시하고 내 배를 계속 찔러 댔다. 그러나 나를 화나게 만들려는 녀석의 꼬임에는 끝까지 넘어가지 않았다. 이것은 소년단 규칙에 분명하게 나와 있었다. 싸움 금지. 곧이어 보브카는 벽을 찌르기 시작했다.

"보브카, 경고한다. 이 깃발은 국가 재산이야. 그러다 망가지겠어."

보브카는 내 말에 콧방귀도 뀌지 않았다. 신성한 소년단 깃발을 젖은 바닥에 떨어뜨리고는 섬뜩한 눈으로 나를 노려보았다. 순간 나는 뒷걸음질을 쳤다.

"국가 재산을 파괴하거나 망가뜨리면 최고 수위의 처벌을 받을 수 있어. 인민의 적이 되어 총살당할 수도 있다고. 소련 형법 58조."

"뭐라고?"

"너는 멍청한 거야, 아니면 멍청한 척하는 거야? 너는 아무런 대가도 치르지 않을 거라고 생각하는 거야? 소년단은 잊어버려, 미국 놈아. 내가 널 봤어."

보브카는 주머니에서 스탈린 동상의 코를 꺼냈다.

용의자 찾기

"여러분, 미래의 소년단으로서 여러분의 의무가 무엇이죠?"
니나 페트로브나 선생님이 우리에게 물었다.

"스탈린 동지의 동상에 생긴 불미스런 일에 다 함께 책임감을 느끼는 거예요. 그래야만 우리는 소년단 발대식을 진행할 수 있어요. 스탈린주의 정신에 따라 행동해야만 여러분에게 소년단의 붉은 스카프를 목에 두를 자격이 있어요."

아이들은 모두 입을 다물었다. 니나 페트로브나 선생님은 교실을 쭉 둘러보았다.

"모두 연필을 꺼내도록 해요. 종이에 우리 반 학생 중 책임이 있을 것으로 의심되는 친구의 이름을 적어요. 그러고 나서, 오른쪽 위 귀퉁이에 자기 이름과 날짜를 써서 앞으로 전달하도록 해요."

그러나 아이들은 하나같이 꿈쩍도 하지 않았다.

"여러분, 왜 아무도 쓰지 않는 거죠?"

"누구를 써야 할지 잘 모르겠어요, 선생님."

지나 크리브코였다. 이 여자아이는 늘 모든 학생들을 대표해 말했다.

"어떻게 그걸 모를 수 있지? 지나, 네가 했니?"

"아니요."

"그럼, 네 짝 타마라가 했다고 생각하니?"

지나는 자기 짝 타마라를 바라보았다. 타마라는 얼굴이 하얗게 질려 있었다. 지나는 다시 니나 페트로브나 선생님 쪽으로 몸을 돌리고는 고개를 가로저었다.

니나 페트로브나 선생님이 말했다.

"지나, 알겠지? 아주 간단해. 너는 누가 하지 않았는지 알아. 너를 위해 쉬운 방법을 말해 주마. 그런 짓을 하지 않았다고 확신하는 학생들 이름을 먼저 적어 보도록 해."

그제야 지나는 안심이 되었는지 몸을 숙이고는 아무도 보지 못하도록 한 손으로 공책을 가리고 재빨리 이름을 써 내려갔다.

니나 페트로브나 선생님은 지나를 잠시 지켜보다가 말했다.

"좋아, 지나. 계속하렴. 제대로 쓰도록 해. 네가 적은 이름 중에 하나라도 믿을 만하지 못하게 되면 어떤 일이 일어나는지 알지?"

지나는 고개를 가로저었다. 정말로 알지 못했기 때문이다.

"바로 네가 의심받게 될 거야. 지나 크리브코가 인민의 적을 보호해 주고 있다는 사실을 우리가 알게 될 테니까."

지나는 몸을 뒤로 뺐다. 지나가 쥐고 있는 연필 끝이 종이 위에서 딱, 딱, 딱 소리를 냈다. 지나의 손이 떨리고 있었다.

니나 페트로브나 선생님이 놀란 표정으로 지나를 보았다.

"무슨 문제라도 있니, 지나? 왜 쓰다 마는 거니?"

지나는 몇 번이나 입을 뗐다 닫은 뒤에야 겨우 용기를 내어 말했다.

"누가 믿을 만한지 확실히 모르겠어요, 니나 페트로브나 선생님."

"바로 그거야, 지나. 네가 확실하게 믿지 못하는 사람들이 바로 용의자들이야. 바로 네가 써야 할 이름들이지. 알겠니?"

니나 페트로브나 선생님은 반 아이들을 둘러보았다.

"여러분, 모두 잘 알겠죠?"

아이들이 분주히 연필로 누군가의 이름을 쓰는 소리가 들렸다. 나는 고개를 돌려 어깨 너머로 보브카를 보았다. 보브카는 나를 보며 씩 웃더니 칼로 연필심을 깎는 척했다. 내가 고개를 앞으로 돌렸을 때, 니나 페트로브나 선생님은 내 책상 앞에 서 있었다.

"사샤, 아직 아무것도 쓰지 않았구나?"

나는 종이가 없다거나 연필심을 깎아야 한다거나 하는 변명거리를 찾고 싶었지만, 내 앞에는 종이도 놓여 있었고 연필심도 뾰족하게 잘 깎여 있었다.

니나 페트로브나 선생님은 일부러 큰 소리로 말했다.

"사샤, 적어도 한 명은 써야지. 추측하기 쉽잖아. 안 그래?"

니나 페트로브나 선생님은 내 머리 너머를 보았다. 보브카를 보고 있는 게 틀림없었다. 선생님이 누구를 보고 있는지 모두가 확실히 알아차릴 수 있도록 오랫동안 뚫어지게 바라보았다.

잠시 뒤, 니나 페트로브나 선생님이 보브카에게 말을 건넸다.
"보브카, 네 이름 쓸 줄 알지? 넌 네 이름을 적도록 해."

나는 고개를 돌려 보브카를 보았다. 다른 아이들도 그랬다. 순간, 보브카가 자리에서 벌떡 일어났다. 보브카는 주먹을 꽉 쥐고 있었다. 무엇을 하려는 걸까? 니나 페트로브나 선생님을 치려고? 무섭게 일그러진 표정을 보면 그럴 수도 있을 것 같았다. 그러나 아무 일도 일어나지 않았다.

그때 갑자기 교실 문이 열리더니, 관리인인 마트베이치가 고개를 쑥 들이밀었다.
"지금 곧 학교 식당으로 모이세요. 교장 선생님 지시입니다."

가짜 범인

"중앙 현관에서 일어난 끔찍한 범죄 때문에 분노의 파도가 우리 학교를 집어삼켰습니다. 추악하고 비겁한 음모를 꾸민 스파이가 우리 학교에 침입한 것이 틀림없습니다. 이 끔찍한 범죄자들, 이 반역자들의 목적은……."

세르게이 이바니치 교장 선생님은 소리를 지르다 말고 목청을 가다듬었다. 잠시 훈화대를 붙잡고 가만히 서서 숨을 씨근거리더니 다시 말을 이었다.

세르게이 이바니치 교장 선생님은 열렬한 공산주의자였고, 나는 매번 그분의 연설에 흠뻑 빠지고는 했다. 하지만 이번에는 너무 멀리 나갔다. 나는 분명히 알고 있었다. 실제로 무슨 일이 일어났는지 아는 유일한 사람이니까. 고개를 돌려 뒤를 보았다. 보브카가 뒤에 있을 거라고 생각했는데, 어디에도 보이지 않았다. 마트베이치가 식당 문을 모두 잠갔다. 누구도 식당을 떠날 수 없었다. 그런데 보브카는 어디에 있는 거지? 보브카가 또다시 나쁜 일에 휘말린 게 분명했다.

"그러나 스파이들은 계산을 잘못했습니다. 우리의 용감하고 날카로운 케이지비가 그들의 계획을 물거품으로 만들고, 반드시 그들을 체포할 것입니다!"

세르게이 이바니치 교장 선생님은 훈화대를 쾅 두드렸다.

"우리는 지구상에서 이런 반역을 저지른 일당을 모두 쓸어버릴 것입니다!"

그때 같은 반인 안톤이 내 등을 살짝 건드렸다.

"사샤, 너희 아빠 오셨어."

나는 길가 쪽으로 나 있는 창문으로 밖을 보기 위해 몸을 돌렸다. 검정색 케이지비 자동차가 미끄러지듯이 교문으로 다가왔다. 아빠가 틀림없었다. 아빠는 내게 공산주의자의 약속을 했다. 지금까지 그 약속을 어긴 적은 단 한 번도 없었다.

'감사합니다, 스탈린 동지. 저희 아빠가 약속을 지킬 수 있도록 도와주셔서 정말로 감사합니다.'

안톤이 키득거리며 말했다.

"소년단 발대식에 오시나 보네. 어쩌면 너희 아빠가 스파이를 잡아낼지도 몰라."

나는 검정색 자동차의 문이 열리기를 기다렸다. 그러다 차에서 내리는 사람을 보고는 재빨리 고개를 돌리고 말았다. 아빠가 아니었다. 어젯밤에 아빠를 체포한 장교였다.

장교와 그의 병사들이 학교 식당으로 들어오자, 세르게이 이바니치 교장 선생님은 큰 소리로 환영을 했다.

"모두, 뜨거운 박수!"

세르게이 이바니치 교장 선생님은 미친 듯이 박수를 쳤고, 잠시 뒤 선생님들도 덩달아 박수를 치기 시작했다. 학생들도 박수를 쳤다. 우리는 다 함께 오랫동안 박수를 쳤다. 신문에서 흔히 말하는 '기나긴 기립 박수'가 진짜로 길게 이어졌다. 물론 그들이 들어왔을 때 우리는 이미 서 있었기 때문에 진정한 의미의 기립 박수라 할 수는 없지만.

세르게이 이바니치 교장 선생님은 체육을 가르치는 두바소프 선생님에게 고갯짓을 했다. 두바소프 선생님은 커튼 뒤로 가더니, 종이가 가득 든 나무 상자를 가지고 돌아왔다. 우리는 그 종이가 무엇인지 한눈에 알아차렸다. 모든 반이 스탈린 동상의 코를 부러뜨린 것으로 의심되는 아이의 이름을 써 냈던 것이다.

두바소프 선생님은 나무 상자를 장교 앞에 내려놓고는 군인처럼 경례를 했다. 세르게이 이바니치 교장 선생님은 그만 가라는 뜻으로 손을 저었고, 두바소프 선생님은 당황한 표정을 지으며 후다닥 자리를 떴다.

장교는 상자를 거들떠보지도 않았다. 우리는 여전히 박수를 치고 있었다. 장교는 권총집을 풀더니 권총을 꺼내 천장을 향해 겨누었다. 곧바로 식당은 쥐 죽은 듯이 조용해졌다.

장교는 권총을 다시 권총집에 넣었다. 그의 두 눈은 학생들을 살펴보고 있었지만, 머리는 조금도 움직이지 않았다. 나는 그의 눈에 띄지 않는 구석으로 슬쩍 자리를 옮겼지만, 정말로 눈에 띄지 않을지는 자신이 없었다. 장교의 두 눈은 벽을 뚫고서도 볼 수 있을 것 같았다.

"동상에서 코를 부러뜨린 사람이 누구든 지금 손을 들어라."

장교는 낮은 목소리로 말했지만, 신기하게도 가장 뒤에 있는 아이들까지도 그 소리를 다 알아들었다. 나는 지금이 사실을 밝힐 때라고, 손을 들고 자백을 할 때라고 생각했다.
　'소년단원이 되는 것은 잊어버려. 지금 당장 손을 들어.'
　나는 마땅히 그렇게 했어야 했다. 하지만 나는 머뭇거렸다. 그때 단상 왼쪽에서 한 아이의 손이 쑥 올라갔다.
　사람들은 헉하고 놀라더니 다시 숨을 내쉬었다. 눈깔 네 개, 보르카가 손을 든 채로 서 있었다. 장교는 얼굴을 찌푸리고는 병사들에게 고갯짓을 했다.
　병사들이 사람들을 가르고 다가와 눈깔 네 개의 겨드랑이를 잡고 번쩍 들어 출구로 데려갔다. 그들이 내 옆을 지나갈 때, 눈깔 네 개는 나를 향해 미치광이처럼 윙크를 했다.

다른 사람에게 누명을 씌워라

우리는 두 명씩 손을 잡고 식당에서 걸어 나왔다. 말하는 것은 허용되지 않았다. 다행히 나는 눈깔 네 개에 대해 생각할 시간을 가질 수 있었다.

우리는 군인들이 눈깔 네 개를 차 안으로 밀어 넣는 것을 보았다. 군인들은 어젯밤에 우리 아빠에게 했던 것과 똑같이 눈깔 네 개의 몸을 숙이게 하고는 차 안으로 마구 밀어 넣었다. 이제 눈깔 네 개는 군인들 사이에 끼인 채 루비얀카 교도소로 가고 있었다. 미치광이 같은 미소를 지은 채…….

눈깔 네 개는 왜 그랬을까? 왜 하지도 않은 일을 했다고 하면서 굳이 나선 걸까?

　나는 앞으로 눈깔 네 개에게 일어날 일을 상상해 보았다. 자동차가 루비얀카 교도소 문 앞에 멈춰 서고, 경비병이 다가와 차 안을 들여다본다. 경비병은 눈깔 네 개를 찬찬히 살펴보고는 문을 연다. 눈깔 네 개는 겁을 먹었을까? 교도소에 가면 무슨 일이 생길지 모르니까 틀림없이 겁을 먹었을 것이다. 물론 아무 일도 일어나지 않을 것이다. 눈깔 네 개는 어린아이니까.

　그곳 사람들은 눈깔 네 개가 아이라고 해도 무기가 있는지 살피려고 몸수색을 할 것이다. 하지만 그들은 아무것도 찾아내지 못한다. 도대체 뭘 찾을 수 있겠는가? 눈 뭉치? 이어서 눈깔 네 개의 옷을 벗기고 줄무늬 죄수복을 주겠지. 아마도 죄수복은 눈깔 네 개한테 클 것이다. 교도소에 어린이용 죄수복은 없을 테니까.

　이제 교도관들은 눈깔 네 개를 수용실에 가둘 것이다. 수용실에 개 혼자 있을까? 아니면 다른 사람들도 함께 있을까? 수용실 안에 진짜 범죄자들이 있으면 어쩌지? 그들이 인민의 적이라면? 스파이나 반동분자들이라면? 만약 그 수용실에 우리 아빠도 있다면? 아니, 그건 불가능하다. 영웅을 수용실에 가둘 리가 없다.

하지만 보르카의 아빠는 거기에 있을 수도 있다. 눈깔 네 개의 엄마는 아마도 여자 수용실에 있을 테고. 눈깔 네 개의 아빠가 아들을 걱정하며 앉아 있는데, 문이 열리고 자기 아들이 걸어 들어온다면! 상상만으로도 짜릿한 순간이다.

나는 발걸음을 멈추었다. 그 바람에 내 뒤의 아이들이 나를 들이받았고, 줄은 순식간에 엉망이 되어 버렸다.

"줄을 똑바로 서요, 여러분. 줄을 똑바로 서라고!"

니나 페트로브나 선생님이 소리쳤다. 누군가 내 등을 주먹으로 때렸다. 나는 다시 다른 아이들과 줄을 맞추어 섰다.

난 왜 이렇게 멍청할까? 당연히 바로 눈치를 챘어야 했다. 눈깔 네 개는 루비얀카 교도소에 들어가려고 일부로 누명을 뒤집어쓴 것이었다. 참 똑똑하기도 하지! 그 아이는 그 안으로 들어가는 방법을 궁리해 냈다. 눈깔 네 개는 자기가 원하는 것을 했고, 나는 눈깔 네 개를 도와주었다. 흠, 뭐 직접적으로 도와주었다고 말할 수는 없지만.

하지만 이제 눈깔 네 개가 어떻게 교도소에 들어갔는지는 중요하지 않았다. 눈깔 네 개가 자기 아빠를 보고 얼마나 행복해할지, 그 애 아빠가 아들을 보고 얼마나 행복해할지 상상해 본다면······. 교도소에 가족을 위한 수용실이 있는지 모르겠다. 오늘 밤 그들은 함께 모여 이야기꽃을 피울지도 모른다.

그리고 누가 알겠는가? 눈깔 네 개의 부모님이 인민의 적이 아닐지도 모르잖아. 어쩌면 우리 아빠처럼 누군가의 실수로 체포되었을 수도 있다. 그렇다면 스탈린 동지가 곧 그들을 풀어 줄 테지. 설사 그렇지 않다 해도, 눈깔 네 개는 영리하니까 반드시 뭔가 방도를 생각해 낼 것이다.

니나 페트로브나 선생님은 교실 문을 잡고 서 있었고, 우리는 줄지어 교실 안으로 들어갔다. 선생님은 지나가는 아이들의 머리를 톡톡 치며 숫자를 셌다.

나는 니나 페트로브나 선생님을 보며 미소 지었다. 선생님 표정으로 보아 소년단 발대식이 다시 진행되는 듯했다. 이제 곧 나는 아빠를 볼 것이다. 그리고 소년단이 될 것이다. 다시 모든 것이 괜찮아질 것이다.

내가 막 교실 안으로 들어가려 할 때, 보브카가 문 뒤에서 튀어나와 나를 훅 떠밀었다. 그 바람에 나는 그만 벽에 부딪히고 말았다.

"잘했어, 미국 놈."

보브카가 내게 얼굴을 바싹 들이대고 소리쳤다. 그 아이의 침이 내 얼굴에 튀었다.

"다른 사람에게 누명을 씌워라. 그게 바로 진정한 소년단 정신이지."

보브카의 반격

"속담에도 있듯이, 사과는 나무에서 멀리 떨어지지 않아요."
니나 페트로브나 선생님이 우리를 보며 말했다.
"보르카의 부모가 체포된 뒤에 녀석을 학교에 계속 다니게 하는 게 아니었어요. 우리는 실패한 거예요. 경계심을 늦추었어요. 하지만 이런 일은 두 번 다시 일어나지 않을 거예요."
니나 페트로브나 선생님은 우리 반 단체 사진이 걸려 있는 벽으로 걸어가서 펜으로 눈깔 네 개의 얼굴을 까맣게 칠했다. 인민의 적으로 밝혀진 아이들 사진에는 항상 그렇게 했다. 전에는 그것을 보면 기분이 좋았는데, 이번엔 그렇지가 않았다.

눈깔 네 개는 적이 아니었다. 그냥 부모님이 보고 싶었을 뿐이었다.

니나 페트로브나 선생님은 흡족한 얼굴로 사진에서 고개를 돌렸다.

"보르카 때문에 소년단 발대식을 준비할 시간이 아주 조금밖에 남지 않았어요. 하지만 그 일이 우리가 하려는 훌륭한 일을 막을 수 있을까요?"

"아니요!"

우리는 다 함께 소리를 질렀다.

"그게 바로 소년단 정신이에요. 북하고 나팔을 들 친구는 칠판 앞에 나와 줄을 서도록 해요. 사샤, 깃발 가져와."

우리는 번개처럼 줄을 선 다음, 니나 페트로브나 선생님의 다음 지시를 기다렸다. 그런데 선생님은 무슨 이유 때문인지 다시 반 단체 사진에서 한참 동안 눈을 떼지 못했다. 나는 사진 쪽으로 눈길을 돌렸다. 눈깔 네 개의 얼굴에 칠해진 까만색 잉크가 아직도 물기를 머금은 채 반짝이고 있었다.

이윽고 니나 페트로브나 선생님이 뒤로 돌아섰는데, 무척 심각하고 결의에 찬 표정이었다.

"여러분, 선생님이 고백할 게 하나 있어요."

교실이 갑자기 조용해졌다. 니나 페트로브나 선생님이 학생들에게 무언가를 고백했다는 이야기는 여태껏 그 누구도 들어 본 적이 없었다.

니나 페트로브나 선생님이 입을 열었다.

"나는 스탈린주의자의 원칙에 어긋난다는 것을 뻔히 알면서도 윗분의 강요에 의해 침묵을 지킬 수밖에 없었어요."

니나 페트로브나 선생님은 여기까지 말하고는, 우리 교실 바로 위에 있는 교장실을 올려다보았다. 그리고 여전히 심각한 표정으로 자신이 교장 선생님에 대해 이야기하고 있다는 사실을 우리가 이해하고 있는지 확인했다.

"그러나 오늘 우리 학교에서 일어난 테러 행위를 보면서, 나는 더 이상 침묵하지 않기로 했어요. 잘 들으세요, 여러분. 이건 진즉 말했어야 하는데……."

니나 페트로브나 선생님은 숨을 깊이 들이마셨다 내쉬었다.

"우리 반에 인민의 적으로 밝혀진 아이가 또 있어요."

아빠는 입안에 뭔가 들어 있어서 숨이 막히면 코로 숨을 쉬라고 말했다. 그렇게 하면 질식하지 않는다는 것이었다. 하지만 지금 나는 숨이 막히는 것보다 더 나쁜 상태였다. 아예 숨을 쉴 수가 없었다. 심지어 코를 통해서도. 나는 교실 문을 힐끔 보며 거리를 가늠했다. 만약 내가 교실 문으로 뛰어가면 니나 페트로브나 선생님이 붙잡을 수 없겠지. 그러나 나는 발걸음조차 떼지 못했다.

"사샤 자이치크!"

니나 페트로브나 선생님은 손가락으로 나를 가리켰다. 그러자 아이들은 인민의 적의 아이가 누구인지 보려고 너나없이 목을 길게 뺐다. 나는 눈을 질끈 감았다. 갑자기 손에 쥐고 있는 깃발의 무게를 감당하기가 어려웠다. 다음 순간, 깃발이 바닥으로 툭 떨어졌다.

"깃발을 들어라, 사샤."

니나 페트로브나 선생님이 차분한 목소리로 말했다. 나는 그제야 눈을 떴다. 선생님은 나를 보고 있지 않았다. 모든 것은 내 상상이었다. 선생님은 교실 뒤편을 보고 있었고, 손가락으로 보브카를 가리키고 있었다.

"보브카, 네 아빠가 무슨 죄를 저질렀는지 우리에게 직접 말해 볼래?"

아이들은 헉하고 놀라며 보브카를 바라보았다. 누군가 휘파람을 불었다. 마침내 보브카가 자리에서 천천히 일어났다. 그리고 남자 화장실에서처럼 섬뜩한 눈으로 니나 페트로브나 선생님을 쏘아보았다.

"여러분, 보브카 아빠는 인민의 적으로 밝혀져 처형되었어요. 이 사실이 평소 저 아이의 반사회적인 행동을 충분히 설명해 주지 않나요? 선생님 생각에는 보르카와 함께 일을 꾸몄으리라고 추측되는데……, 여러분은 어떻게 생각해요?"

누가 대답할 사이도 없이, 보브카가 니나 페트로브나 선생님에게 와락 달려들어 목을 움켜잡고 조르기 시작했다. 선생님의 얼굴이 빨갛게 변하고 두 눈이 부풀어 올랐다. 선생님은 가르랑거리는 소리를 내며 발길질을 했다. 그 바람에 두 사람이 책상을 들이받았고, 그 위에 있던 물건들이 바닥으로 떨어졌다. 모두 자리에서 벌떡 일어났다. 몇몇 아이들은 놀라서 비명을 지르기도 했지만, 대부분의 아이들은 웃고 있었다.

소년단은 절대로 싸움에 휘말려서는 안 된다. 하지만 나는 어느새 싸움에 끼어들어 두 사람을 떼어 내리고 안간힘을 쓰고 있었다. 이제 우리 세 사람은 거친 숨소리를 내며 이리저리 구르고 책상들을 들이받았다. 얼마나 오랫동안 그랬을까? 누군가 어른들을 데려오려고 뛰어나갔다.

잠시 뒤, 나와 보브카는 교장실로 질질 끌려가고 있었다. 니나 페트로브나 선생님은 뒤에서 흐느껴 울며 비트적비트적 따라왔다.

뒤바뀐 운명

세르게이 이바니치 교장 선생님과 니나 페트로브나 선생님이 이야기를 나누는 동안, 나와 보브카는 밖에서 기다리라는 지시를 받았다. 두 선생님의 말다툼 소리가 문 너머로 간간이 들려왔다. 니나 페트로브나 선생님은 쉰 목소리로 힘겹게 말하고 있었다. 보브카가 목을 조른 탓에 선생님 목소리가 그렇게 된 듯했다.

오늘 아침, 우리는 눈깔 네 개가 앉아 있던 바로 그 의자에 나란히 앉아 있었다. 내가 교장 선생님의 도장을 받으려고 여기에 왔을 때, 눈깔 네 개는 자기 부모님을 만나기 위해 루비얀카 교도소로 들어갈 계획을 세우고 있었다. 눈깔 네 개는 지금 자기 아빠와 함께 있을까?

나는 보브카를 힐끔 훔쳐보았다.

"너의 아빠 일은 참 안됐다."

내가 이렇게 말했지만, 보브카는 나를 쳐다보지도 않았다. 가만히 앉아 자기 손톱을 물어뜯고 있을 뿐이었다.

나는 보브카가 얼마나 힘들고 혼란스러울지 이해할 수 있었다. 만약 아빠가 총살을 당했다면, 나는 어떨까? 사실 믿기 어려운 일이었다. 보브카 아빠가 인민의 적이라고? 보브카와 친하게 지낼 때, 나는 그 애네 아파트에 백 번도 넘게 놀러 갔다.

나는 보브카 아빠를 좋아했다. 그분은 훌륭한 소비에트 시민이었으며, 신중하고 헌신적인 공산주의자였다. 그런데 어떻게 그분이 반동분자가 될 수 있단 말인가?

나는 곰곰이 생각해 보았지만, 아무런 답도 찾을 수가 없었다. 머리가 혼란스러웠다. 그러다 아빠가 예전에 한 말이 문득 떠올랐다. "불 없이 연기가 날 수는 없다."는 말. 만약 누군가가 체포되어 처형되었다면, 당연히 합당한 이유가 있었을 것이다. 케이지비는 아무런 이유 없이 사람을 총살시키지 않으니까. 그렇다면 아빠는? 우리 아빠도 체포되었다!

"보브카! 사샤! 어서 들어와."

세르게이 이바니치 교장 선생님이 소리쳤다.

나는 자리에서 일어났다. 하지만 보브카는 꿈쩍도 하지 않았다. 할 수 없이 보브카의 어깨를 토닥이며 같이 들어가자고 했다. 보브카는 자리에서 벌떡 일어나더니 느닷없이 내 옷깃을 움켜쥐었다.

"너만 없었다면 나는 그 인간쓰레기를 목 졸라 죽일 수도 있었어. 네 아빠처럼 너도 영웅이 되고 싶었던 거야? 너무 늦었어, 이 더러운 반동분자야. 나는 너를 신고할 거야."

보브카는 나를 밀치고 교장실 안으로 성큼성큼 걸어 들어갔다. 그러다 문간에서 밖으로 나오던 니나 페트로브나 선생님과 부딪쳤다. 선생님은 소리를 빽 지르며 뒤로 물러섰다. 보브카는 선생님에게 고약한 미소를 짓고는 안으로 쑥 들어갔다. 나는 니나 페트로브나 선생님이 나가길 기다렸지만, 의심이 가득한 눈으로 나를 노려보기만 할 뿐 꼼짝하지 않았다.

세르게이 이바니치 교장 선생님이 다시 소리쳤다.

"들어와, 범죄자들아. 하루 종일 그러고 있을 참이냐?"

그제야 니나 페트로브나 선생님은 밖으로 나갔고, 나는 안으로 들어갔다. 세르게이 이바니치 교장 선생님은 내게 문을 잠그고 보브카 옆에 서라고 지시했다.

밖은 햇살이 따갑게 내리쬐었지만, 교장실은 한없이 어두웠다. 눈에 보이는 거라고는 커다란 스탈린 초상화와 잔뜩 화가 난 표정으로 책상 앞에 앉아 우리를 노려보고 있는 세르게이 이바니치 교장 선생님뿐이었다.

"우리가 지금 어떤 상황인지 설명해 주지."

세르게이 이바니치 교장 선생님은 보브카를 노려보았다.

"먼저 너, 보브카! 넌 기어이 당국에 해명해야 할 일을 만들었구나. 그들이 이 문제를 어떻게 처리할지는 말하지 않겠다. 나는 네 아빠가 처형된 뒤에도 너를 계속 학교에 다니게 해주었고, 그 일을 입 밖에 내지도 않았어. 그런데 너는 어떻게 했니? 니나 페트로브나 선생님을 공격했어."

"그 선생님은 인간쓰레기예요."

"그 말은 못 들은 걸로 하겠다, 보브카."

이번에는 세르게이 이바니치 교장 선생님이 내게로 고개를 돌렸다.

"사샤, 네 아빠는 체포되어 지금 루비얀카 교도소에 갇혀 있지. 내가 모를 줄 알았니?"

나는 쓰러지지 않으려고 등을 벽에 기댔다. 세르게이 이바니치 교장 선생님은 계속 말을 이었다.

"왜 나한테 와서 '교장 선생님, 아빠의 나쁜 영향을 제 몸에서 씻어 내고 싶어요.'라고 말하지 않았니? 나는 우리 학교 학생들과 함께 위대하신 스탈린 동지가 이끄는 곳으로 행진하고 싶어. 그런데 넌 그렇게 하지 않았어. 안 그래?"

나는 보브카가 나를 뚫어지게 쳐다보는 것을 느

껼지만, 일부러 고개를 돌리지 않았다.
"네가 그렇게 했다면, 나는 오늘 너에게 소년단 발대식에서 앞으로 나가 네 아빠를 공개

적으로 비판할 수 있는 기회를 줄 참이었어. 누가 알아? 우리가 너를 소년단에 들어갈 수 있게 해 줄지. 하지만 아니야. 너는 네가 아직도 우리와 똑같은 사람인 척하는 길을 선택했어."
 이 대목에서 세르게이 이바니치 교장 선생님은 주먹으로 책상을 아주 세게 내리쳤다. 그 바람에 전화기에서 송수화기가 떨어져 저만치로 날아갔다.
 "네가 케이지비로부터 벗어날 수 있다고 생각한 거니? 인민의 적으로 분류된 사람들의 아이를 맡아 키우는 고아원에서 하루 종일 전화가 왔어. 내가 그 사람들한테 뭐라고 말해야 할까? 네가 학교에 없다고 그럴까?"
 보브카가 내 팔을 붙잡았을 때에야 나는 내가 바닥으로 쓰러지고 있다는 사실을 알아차렸다.
 세르게이 이바니치 교장 선생님이 다시 말했다.
 "보브카, 의자를 당겨 사샤에게 주거라. 아무래도 앉는 게 좋겠구나."
 나는 보브카가 가져온 의자에 힘없이 주저앉았다.
 '결국 아빠는 소년단 발대식에 못 오시는구나. 결국 못 오시게 된 거야.'

세르게이 이바니치 교장 선생님은 한숨을 쉬고는 조금은 다정해진 눈빛으로 우리를 바라보았다.

"얘들아, 너희는 어떻게 하는 것이 너희에게 가장 좋은지 아직 잘 몰라. 마침내 우리는 우리 학교에서 유대 인 보르카를 없앴어. 그 일로 한동안 당국은 만족스러워할 수도 있겠지. 그렇다고 너희를 이대로 놔둘 생각은 없어. 너희는 혼이 좀 나 봐야 해. 너희 둘을 고아원으로 보내도록 하겠다. 이상 끝."

보브카가 말했다.

"그 일을 저지른 건 보르카가 아닙니다."

"내가 상관할 일 아니다. 그 애는 자백을 했어."

세르게이 이바니치 교장 선생님은 책상 위에 있는 서류들을 건성으로 정리하고는 보브카를 올려다보았다.

"그런데 그 애가 저지른 짓이 아니라는 걸 네가 어떻게 알지?"

"저를 고아원으로 보내지 않으신다면 말씀드리겠습니다."

"나하고 거래할 생각 따윈 아예 하지도 말거라, 보브카. 그런데 누가 코를 부러뜨렸는지 정말로 알고 있니?"

"네."

세르게이 이바니치 교장 선생님은 얼굴 가득히 미소를 지었다.

"우리의 실패를 바로잡을 기회가 왔구나."

세르게이 이바니치 교장 선생님은 전화기로 손을 뻗었다.

"교환, 케이지비를 연결해 줘."

세르게이 이바니치 교장 선생님은 송수화기에 대고 그렇게 말하고는 나를 올려다보며 말했다.

"혼자 교실로 갈 수 있겠니, 사샤?"

나는 고개를 끄덕였다.

"어서 가거라. 네 문제는 나중에 처리하마."

수상한 선생님

내가 코를 부러뜨린 스탈린 동상이 어디론가 옮겨지고 없었다. 동상이 서 있던 자리는 깨끗이 정리되어 있었다. 스탈린 동상은 엄청나게 무거웠던 게 틀림없었다. 바닥에 동상을 질질 끌고 간 자국이 선명하게 나 있었다.

나는 스탈린 동상이 어디로 옮겨졌는지 궁금해 주위를 둘러보았다. 내가 메이데이 퍼레이드를 상상하며 깃발을 들고 행진했던 오늘 아침처럼 중앙 현관은 휑뎅그렁하게 비어 있었다. 마치 오늘 아침이 몇 년 전인 것만 같았다.

나는 교실로 돌아가지 않고 복도에서 어슬렁거리며 닫힌

문들 너머에서 들려오는 소리에 귀를 기울였다.

교실마다 한창 수업이 진행 중이었다. 무언가를 열심히 설명하는 선생님들의 목소리, 아코디언 연주에 맞추어 행진하는 발소리, 칠판에 분필이 그어지는 소리, 누군가 나팔을 부는 소리 등이 들렸다.

지금 이 순간 모두가 나라의 발전을 위해 무언가를 배우고 있었다. 모두들 공산주의를 향해 힘차게 행진하고 있었다. 나만 빼고 모두…….

나는 더 이상 공산주의의 '우리' 가운데 하나가 아니었다. 기분이 이상했다. 이것은 내가 한 번도 겪어 보지 못한 새로운 느낌이었다. 절대로 좋은 느낌이 아니었다. 이 느낌에 대해 더 이상 생각하고 싶지 않았다. 이 느낌은 곧 사라질 거야. 나는 속엣말로 중얼거렸다.

나는 정신을 딴 곳으로 돌리기 위해, 별로 좋아하지도 않는 국어 수업을 엿보았다. 죽은 작가들의 초상화가 교실 벽에 줄지어 걸려 있었다. 그들은 하나같이 수염을 기르고 있었다. 그리고 칠판 앞에 서 있는 기간제 국어 교사인 루즈코 선생님이 보였다. 선생님도 수염을 길렀다.

"모두, 작품을 읽어 왔죠? 이 위대한 작품에 담긴 심오한 의미는 뭘까요?"

루즈코 선생님이 반 아이들에게 물었다.

"왜 〈코〉(러시아의 부패한 관료 사회를 풍자한 고골의 단편 소설)가 아직도 우리에게 중요한 의미를 지닐까요?"

하지만 아무도 손을 들지 않았다. 수업 시간에 아이들이 손을 들지 않는 건 그리 흔한 일이 아니었지만, 이번만큼은 놀라운 일이 아니었다. 루즈코 선생님이 너무도 이상한 소설 〈코〉에 대해 이야기하고 있었기 때문이다.

이 소설은 정말이지 한심했다. 어떤 사람의 코가 군복을 차려입고 정부의 고위 공무원이라도 되는 듯이 거들먹거린다는 내용이었다. 물론 스탈린 동지가 우리의 지도자이자 스승이 되기 오래전에 쓰인 책이었다.

이런 일이 지금도 일어날 수 있을까? 말도 안 된다. 그런데 왜 소련 아이들이 그런 허황된 이야기를 계속 읽어야 하는 걸까? 도무지 모르겠다.

나는 서둘러야 할 이유가 전혀 없었기 때문에 계속 그 국어 수업에 귀를 기울였다.

루즈코 선생님이 말을 이었다.

"〈코〉가 우리에게 전하려 하는 것은, 우리가 옳고 그름에 대한 다른 사람의 생각을 맹목적으로 따르다 보면, 나 스스로 결정을 내리지 못하게 된다는 얘기입니다. 그러다간 나라 전체가, 심지어 세계 전체가 무너질 수도 있다는 사실이에요."

루즈코 선생님은 꽤 심각한 표정으로 아이들을 바라보며 말했다.

"모두 알겠지요?"

당연히 아이들은 루즈코 선생님이 무슨 말을 하는지 알아차리지 못했다. 이 선생님은 어딘지 수상한 구석이 있었다. 나는 늘 그렇게 생각했다. 다른 선생님들은 라디오에서 나오는 단어들만 썼는데, 이 선생님은 그렇지가 않았다. 하지만 선생님의 어떤 점이 문제인지 정확히 꼬집어 말하기가 어려웠다.

나는 교실 쪽으로 걸어갔다. 지금 이 순간 진짜 문제는, 보브카가 나에 대해 고자질을 하고 있다는 것이었다.

내가 교실로 돌아갔을 때는 이미 모든 사람이 진실을 알고 있을 터였다. 아이들은 곧바로 나를 인민의 적으로 대할 것이었다. 그렇게 하지 않을 이유가 눈곱만큼도 없었다. 아빠는 루비얀카 교도소에 갇혀 있었고, 스탈린 동상을 망가뜨린 사람은 보르카가 아니라 나였다. 내가 바로 인민의 적이며, 나는 그 사실을 기꺼이 받아들여야 했다.

"이 아이는 국가가 키울 것이오."

어젯밤에 장교가 아빠를 데려갈 때 그렇게 말했다. 그때는 그 말이 무슨 뜻인지 전혀 이해하지 못했다. 아니, 아빠에 대한 걱정 때문에 생각할 겨를조차 없었다. 하지만 이제 알았다. 바로 고아원에 대한 이야기였던 것이다. 내가 들어갈 곳은 소년단이 아니라 고아원이었다.

앞으로 고아원 사람들이 나에게 먹을 것을 주고 옷을 입혀 주고 비를 피할 지붕을 주겠지만, 다시는 아무도 나를 믿지 않을 것이었다.

이제부터 나는 믿을 수 없는 사람으로 취급당할 것이다. 그 누구보다도 스탈린 동지를 사랑한 내가!

이게 현실임을 인정할 수밖에 없었다. 앞으로 무엇을 해야 하는지 더 열심히 생각할 필요가 없었다. 나는 이곳에서 영영 사라지게 될 것이었다.

나는 재빨리 뒤로 돌아섰다. 그리고 중앙 현관을 가로지른

다음 문을 열고 계단을 뛰어 내려갔다. 계단을 거의 다 내려가서 난간을 풀쩍 뛰어넘었다. 그런데 바로 앞에 아빠를 데려간 장교와 군인 두 명이 서 있었다.

루비얀카 교도소에선 누구나 자백을 한다

 해부한 개구리, 고약한 냄새가 나는 약품, 그 밖에 메스꺼운 것들이 단지에 가득 담겨 있는 생물 실험실은 숨기에 딱 좋았다.
 장교는 나를 알아보고는 말을 걸려고 했다. 하지만 나는 그의 목소리조차 듣고 싶지 않았다. 곧바로 계단을 내달려 이 실험실로 들어왔다.
 문에 붙은 열쇠구멍으로 보니, 그들은 교장실로 걸어가고 있었다. 그런데 군인 한 명이 보이지 않았다. 아마도 그 군인은 현관문을 지키고 있는 모양이었다.

다행히 체육관으로 통하는 두 번째 출입구가 있었다. 그들이 시야에서 사라지자마자 그곳으로 도망치면 될 터였다. 그것으로 안녕이다.

바로 그때, 등 뒤 창문 쪽에서 콧소리가 들렸다.

"흠, 어떤 사람에게는 사방에 벽이 네 개나 있을 필요가 없어. 무슨 말이냐 하면, 총살 부대는 벽이 하나만 있으면 충분하거든."

나는 천천히 고개를 돌렸다. 담배 연기가 자욱해서 말하는 사람이 누구인지 잘 보이지 않았다. 연기 뒤에서 의자가 삐걱거리는 소리가 났다. 아까 그 목소리가 다시 말했다.

"내 말이 무슨 뜻인지 알겠니, 사샤?"

담배 연기가 차츰 걷히자, 의자에 앉아 있는 사람이 누구인지 알아볼 수가 있었다. 바로 담배 파이프를 든 스탈린 동상의 코였다!

"우리가 네 아빠를 체포했던가? 그렇지, 우리가 체포했어. 너는 네 아빠의 범죄 행위를 신고했나? 아니, 그렇게 하지 않았지. 넌 아주 부주의했어. 또 무관심하고 순진했지."

나는 기침을 하며 손으로 입을 가렸다. 작은 실험실은 빠르게 담배 연기로 채워지고 있었다.

"어린이 공산주의자로서 너의 의무와 권리가 뭐지?"

스탈린 코가 내게 물었다. 하지만 내 대답을 기다리지는 않았다.

"인민의 적인 아빠를 비판해. 그리고 소년단이 되어서 공산주의를 위한 행진에 함께해. 아주 간단한 일이야."

스탈린 코는 담배 연기를 더욱더 많이 내뿜으며 양쪽 발에 신고 있는 장화를 서로 문질렀다.

"나를 따라 해 봐. '나, 사샤 자이치크는 강대국들의 스파이인 아빠를 고발합니다. 그리고 이 자리에서 아빠와의 모든 인연을 끊겠습니다. 지금부터 나의 진짜 아빠는 우리의 사랑하는 지도자이자 스승이신 스탈린 동지입니다. 소비에트 소년단이 나의 가족입니다.'"

나는 스탈린 코를 바라보며 조심조심 문 쪽으로 뒷걸음질을 쳤다. 천천히 문고리를 잡아당겼다. 그런데 문이 꿈쩍도 하지 않았다. 스탈린 코는 방금 자기가 한 말을 내가 되풀이하기를 기다리며 나를 가만히 보고 있었다.

나는 용기를 내서 물었다.

"저의 아빠가 무슨 죄를 저질렀습니까?"

"지금 네 아빠를 심문하고 있는 중이다. 곧 자백하게 될 것이다."

"저의 아빠는 죄가 없습니다. 자백할 게 없단 말이에요!"

"루비얀카 교도소에서는 누구나 자백을 하지. 우리는 사람들의 입을 열게 하는 방법을 알고 있어."

스탈린 코는 파이프를 보면서 내처 말했다.

"그러고 보니 한 사건이 생각나는구나. 언젠가 시골에서 올라온 노동자 대표들을 집무실에서 만난 적이 있지. 그들이 떠나고 나서 담배 파이프를 찾았는데, 도무지 찾을 수가 없더구나. 나는 곧바로 케이지비 국장을 불렀어. '니콜라이 이바니치, 노동자들이 방문하고 난 뒤 내 담배 파이프가 사라졌네.'라고 했더니, 국장이 '네, 스탈린 동지. 제가 곧바로 조치를 취하겠습니다.'라고 말하더군. 그런데 십 분 뒤, 책상 서랍을 열어 보니, 거기에 담배 파이프가 있지 뭐야. 나는 곧바로 케이지비 국장에게 전화를 했어. '니콜라이 이바니치, 담배 파이프를 찾았네.'라고 말했지. 그런데 그 국장이 뭐라고 했는 줄 아니? '이것 참, 노동자 대표들이 이미 자백을 했습니다.'"

스탈린 코는 무릎을 찰싹 치면서 웃음을 터뜨렸다. 하지만 진짜 웃음이 아니었다. 온몸이 마구 흔들리면서 콧구멍으로 연기가 뿜어져 나왔다. 소름이 끼칠 만큼 무시무시했다.
"소년단에 들어가렴, 사샤. 그리고 아빠는 잊어버려. 두 번 다시 아빠를 보지 못할 테니까."

진짜 범인

니나 페트로브나 선생님이 나에게 말했다.

"우리 교실에 너 같은 애를 위한 자리는 없어. 뒤로 가서 앉아. 그리고 어떤 일에든 코빼기도 비치지 마. 무슨 말인지 알겠지?"

나는 떨지 않으려고 애썼지만 교실이 너무나 추웠다. 지금 내 몸은 물에 흠뻑 젖어 있었다. 청소부인 아가피아 부인이 실험실에서 나를 발견했을 때, 나는 정신을 잃은 상태였다. 아가피아 부인은 찬물을 끼얹어 나를 깨웠다.

물론 나는 스탈린 코에 대해서는 아무 말도 하지 않았다. 그렇지 않아도 온갖 일이 다 벌어진 마당에, 미쳤다는 소리까지 듣고 싶지는 않았다.

니나 페트로브나 선생님이 말했다.

"〈밝은 미래가 우리 앞에 열려 있다〉라는 노래가 들리면 여러분은 행진을 시작합니다. 북과 나팔이 맨 먼저 행진하고, 뒤이어 소년단에 들어갈 아이들이 행진할 거예요. 우리의 위대한 지도자이자 스승인 스탈린 동지께서 크렘린 궁전에서 우리를 지켜보고 있다는 사실을 명심하도록. 그분이 자랑스러워할 수 있도록 최선을 다합시다. 자, 준비됐나요? 하나, 둘, 셋……."

아이들은 나팔을 불고 북을 치며, 니나 페트로브나 선생님 책상 주위를 행진했다.

뒷줄에서 보니 교실이 색다르게 보였다. 나는 믿음을 받지 못하는 아이들과 함께 뒷줄에 앉아 있었는데, 희한하게도 그곳에서는 모든 것이 훨씬 더 잘 보였다.

"이 노래가 끝나도 북소리는 계속 울릴 거예요. 바로 그때 우리의 신성한 깃발을 든 친구가 들어올 겁니다."

니나 페트로브나 선생님은 그렇게 말하고는 나를 할끗 바라보았다.

"그런데 누가 깃발을 들고 입장하죠? 누구에게 그럴 자격이 있을까요? 여러분 중 누가 스탈린 동지를 가장 사랑할까요?"

니나 페트로브나 선생님은 이제 나를 보고 있지 않았다. 선생님은 깃발을 들 아이를 고르는 일을 즐기고 있었다. 나 말고 다른 아이를 고르는 일을.

나는 우리 반 단체 사진을 올려다보았다. 보르카 얼굴이 검은색 잉크로 칠해져 있었다. 그리고 보브카 얼굴도. 그다음 차례는 내 얼굴이겠지. 지금 당장이라도 케이지비 군인들이 교실 문을 열고 들이닥쳐 나를 루비얀카 교도소로 끌고 갈 것만 같았다. 그들은 누구에게든 범죄 행위를 자백하게 만들 수 있다. 나는 영원히 소년단이 되지 못할 것이다. 그렇다면 내가 계속 소년단의 규칙을 따라야 할까?

나는 자리에서 일어나 벽에 기대어 놓은 깃발 옆으로 갔다. 깃발을 손에 들고, 니나 페트로브나 선생님의 책상 위로 올라갔다. 머리 위로 신성한 깃발을 힘차게 흔들면서 제자리에서 행진을 했다. 그리고 큰 소리로 〈밝은 미래가 우리에게 열려 있다〉를 불렀다. 기분이 좋았다.

"사샤!"

니나 페트로브나 선생님이 소리를 빽 질렀다.

"내려와, 사샤! 얼른 내려와!"

니나 페트로브나 선생님이 내 발을 붙잡으려 했다. 하지만 내가 더 빨랐다. 나는 책상에서 책상으로 폴짝폴짝 뛰어다니면서 노래를 부르고 깃발을 흔들었다. 선생님이 내 뒤를 황급히 쫓아왔고, 아이들은 깔깔 웃어 댔다. 그러다 나는 책상에서 발을 헛디뎌 아래로 떨어졌다. 곧바로 선생님이 나를 덮쳤다. 선생님은 소리를 지르며 내 손에서 깃발을 뺏으려 했다.

그때 케이지비 군인들이 쿵쾅거리며 교실로 들이닥쳤다. 나는 바닥에 등을 대고 누운 채 고개를 돌렸다. 그들의 군화가 위아래로 움직이는 것이 보였다. 군인들 가운데 한 명이 보브카의 옷깃을 움켜쥐고 있었다.

보브카가 우리 쪽을 가리키며 말했다.

"인간쓰레기가 저기 있어요."

보브카는 니나 페트로브나 선생님의 책상을 향해 고갯짓을 했다. 군인 한 명이 쿵쾅거리며 걸어와 니나 페트로브나 선생님의 책상 서랍을 열더니 물건들을 전부 바닥에 쏟았다. 아이들은 숨을 죽인 채 그 군인이 무엇을 하는지 지켜보았다. 군인은 군홧발로 서랍에서 나온 물건들을 헤집어 보더니 허리를 굽혀 뭔가를 집어 들었다. 스탈린 동상의 코였다.

군인은 스탈린의 코를 니나 페트로브나 선생님 얼굴에 들이밀었다. 순간, 선생님의 얼굴이 하얗게 질렸다.

"아니에요, 아닙니다. 그건 제 것이 아닙니다. 제가 어떻게 감히……. 저는 공산주의자예요. 뭔가 잘못된 거예요."

나는 보브카를 올려다보았다. 보브카는 내가 자기를 바라보고 있다는 것을 알면서도 고개를 돌리지 않았다. 보브카는 씩 웃고 있었다.

결국 보브카는 나를 신고하지 않았다. 보브카는 교장 선생님이 식당에서 연설하는 동안 교실에 남아 니나 페트로브나 선생님의 책상에 스탈린의 코를 숨겨 놓은 게 틀림없었다.

군인들이 니나 페트로브나 선생님의 팔을 비틀어 문 쪽으로 끌고 갔다. 선생님은 비명을 내지르고 발길질을 하며 가까이에 있는 아이들을 붙잡으려고 했다. 하지만 아이들은 몸을 숙여 선생님의 팔을 피하며 깔깔거리고 웃었다.

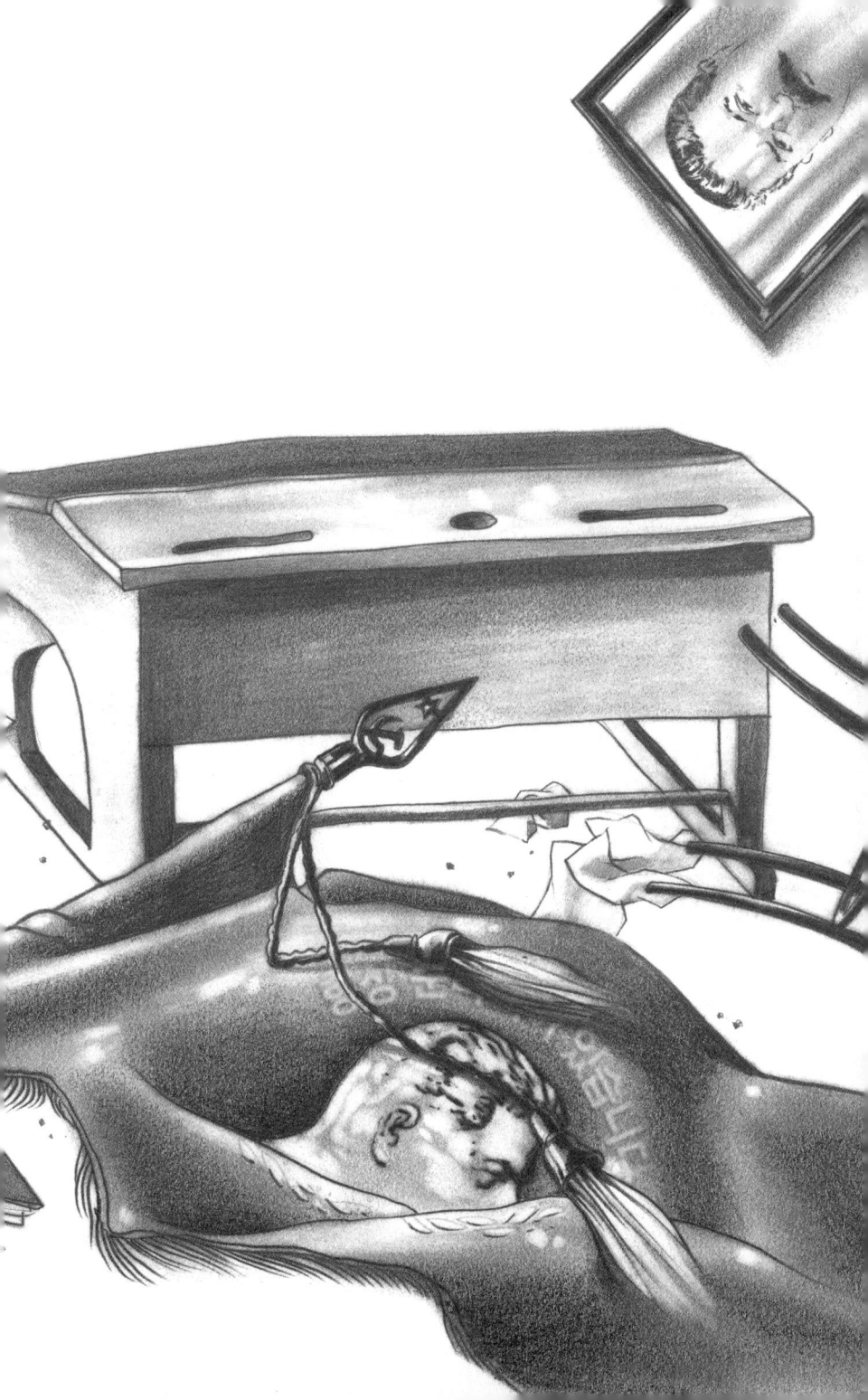

은밀한 제의

나는 세르게이 이바니치 교장 선생님의 키가 이렇게 작은 줄 몰랐다. 교장 선생님은 늘 책상 뒤에 있거나 교탁 뒤에 있었다. 교장 선생님의 키가 커 보이도록 책상이나 교탁 아래 무언가 장치를 해 놓은 게 틀림없었다. 지금 복도를 따라 내 쪽으로 걸어오는 교장 선생님의 키는 아이들과 거의 비슷했다.

나는 차분히 말했다.

"니나 페트로브나 선생님은 동상의 코를 부러뜨리지 않았습니다."

세르게이 이바니치 교장 선생님은 계속 걸으면서 대꾸했다.

"그 여자는 이제 내 책임이 아니야."

"보르카가 부러뜨린 것도 아닙니다."

"보르카가 모든 사람 앞에서 자백했어."

"부모님을 만나러 루비얀카 교도소에 들어가기 위해서 그랬던 겁니다."

"그 아이 부모는 처형됐어. 누군가 그 애한테 그 말을 해 줬어야 했는데."

세르게이 이바니치 교장 선생님은 그렇게 말하고는 어깨를 으쓱해 보였다.

나는 다시 몸이 떨리기 시작했다. 이까지 덜그럭거렸다. 불쌍한 눈깔 네 개. 보르카는 이모한테서 부모님이 총살당했다는 말을 들었다. 그런데 왜 그 말을 믿지 않았을까? 그 애는 아무 이유도 없이 교도소에 간 셈이었다.

"멈추지 마. 가자, 사샤."

세르게이 이바니치 교장 선생님은 내 팔을 붙잡더니 지하실로 내려가는 계단으로 이끌었다. 교장 선생님은 비록 키는 작았지만 힘은 아주 셌다.

세르게이 이바니치 교장 선생님은 창고 문을 가볍게 두드렸다. 빠르게 세 번, 잠깐 쉬었다가 다시 빠르게 세 번. 그러고는 잠시 귀를 기울이더니, 주머니에서 열쇠를 꺼내 문을 열고는 들어가라며 팔꿈치로 나를 슬쩍 찔렀다.

"행운을 빈다, 사샤."

세르게이 이바니치 교장 선생님은 이렇게 말하고는 문을 닫았다.

나는 창고 안에서 국가 재산을 지키고 있는 마트베이치를 만날 것이라고 예상했지만, 지하실에는 어둠뿐 아무것도 보이지 않았다. 교장 선생님이 문을 잠그고 떠나는 소리를 들으면서 눈이 어둠에 익숙해지기를 기다렸다.

얼마 후, 손으로 벽을 더듬어 보았다. 벽은 차갑고 끈적끈적했다. 벽을 따라 천천히 움직이자, 장화에 얕은 물 같은 것이 느껴졌다. 잠시 뒤, 뭔가 크고 반질거리는 것에 부딪혔다. 나는 그것이 무엇인지 금방 알아차렸다. 두 손으로 더듬어 보니, 차가운 석고의 느낌이 그대로 전해졌다. 곧 코가 없는 얼굴을 찾아냈다.

'사람들이 스탈린 동지 당신을 이곳으로 끌고 왔군요. 이 어둡고 축축한 곳으로.'

안쪽 방의 문간에서 노란 불빛이 희미하게 깜빡거렸다. 주위에 있는 물건들을 분별하기에는 충분히 밝은 불빛이었다.

내 발치에 보브카가 상을 받은 수채화 〈키를 조정하는 스탈린 동지〉가 있었다. 금이 간 유리 안쪽으로 얼룩이 져 있었다. 그다음으로 단체 사진이 담긴 액자 여남은 개가 물에 젖어 휘어진 채 벽에 기대어 서 있었다. 까맣게 색칠되거나 긁힌 아이들과 선생님들의 얼굴이 보였다. 온몸에 소름이 쭉 끼쳤다.

"눈에서 멀어지면 마음에서도 자연히 멀어진단다. 그래서 이 물건들을 죄다 여기에 두는 거야. 사람들이 잊도록 도와주는 셈이지."

어둠 속에서 쉰 목소리가 들렸다. 소리가 나는 쪽으로 고개를 돌려 보았다. 케이지비 장교가 나를 향해 미소를 지으며 희미한 전등불 아래 나무 상자에 앉아 있었다.

"앉아라, 사샤."

장교는 이렇게 말하고는 가까이에 있는 다른 나무 상자를 손짓으로 가리켰다.

"편안하게 생각해."

나무 상자에는 수상한 아이들의 이름을 적은 종이가 잔뜩

들어 있었다. 나는 머뭇거리며 장교를 힐끔 보았다. 장교는 고개를 끄덕였고, 나는 나무 상자에 걸터앉았다.

"먹으렴."

장교는 딱딱한 사탕이 든 양철 상자를 내밀었다.

"가져가고 싶은 만큼 집어."

나는 사탕 하나를 집었다. 그러나 장교는 상자 뚜껑을 닫지 않은 채로 나를 빤히 보며 미소를 지었다. 나는 사탕을 하나 더 집었다.

"내가 너한테 뭘 좀 읽어 줘도 될까?"

내가 어깨를 으쓱해 보이자, 장교는 종이 한 장을 꺼내 조심스레 펼치더니 목청을 가다듬고 읽기 시작했다.

스탈린주의 정신으로 인격을 갈고닦지 않으면 진정한 소년단원이 되는 것은 불가능합니다. 저는 꾸준한 운동으로 몸을 튼튼하게 만들고, 공산주의자로서의 인격을 갈고닦으며, 언제 어디서나 경계를 게을리하지 않겠다고 엄숙하게 맹세합니다. 우리의 적들이 두 눈을 부릅뜨고 있는 한 긴장을 늦추지 않겠습니다.

친애하는 스탈린 동지, 저는 제가 사랑하는 소련과 동지에게 정

말로 쓸모 있는 사람이 될 때까지 쉬지 않고 노력할 것입니다. 제게 이런 멋진 기회를 주셔서 감사합니다.

내가 어제 쓴 편지였다. 아빠가 스탈린 동지에게 전달해 주기로 했던 편지.

"이것을 네 아빠 서류 가방에서 발견했어."

장교가 몸을 구부리더니 내 무릎을 토닥거렸다.

"그사이 많은 일이 있었는데도 여전히 소년단이 되고 싶니?"

"저는 아빠를 비난하지 않을 거예요."

"그럴 필요 없단다, 사샤. 너한테는 우리가 기꺼이 예외를 적용할 뜻이 있어."

장교가 은밀한 목소리로 말을 이었다.

"우리는 너에게 케이지비의 도움을 받을 수 있는 특별한 기회를 주려는 거야. 네가 할 일은 딱 하나야. 귀를 기울이고 눈을 크게 뜨고, 너희 학교에서 일어나는 수상한 행위를 신고하면 돼. 네 가슴 깊은 곳에 새겨진 공산주의에 대한 헌신을 네 안내자로 삼으면 될 거야. 네 아빠처럼 우리의 비밀 요원이 되는 거지. 스탈린 동지는 네 아빠를 '우리의 심장부에서 해충을 청소하는 강철 빗자루'라고 말했어. 우리에게 신고할 거리를 잔뜩 가져오렴, 사샤. 그럼 언젠가 스탈린 동지를 직접 만날 수도 있을 거야. 한번 상상해 봐."

"저의 아빠는 단 한 번도 고자질을 하지 않았습니다."

"네 아빠의 일이 어떤 것이었다고 생각하니?"

장교는 깜짝 놀라며 물었다. 그러고는 자신이 걸터앉은 나무 상자를 내가 앉아 있는 나무 상자에 닿도록 가까이 옮기고는 팔로 내 어깨를 감쌌다. 그의 냄새를 맡을 수 있을 정도로 가까운 거리였다. 담배 냄새, 땀 냄새, 그리고 뭔가 다른 냄새가 났다. 아마도 화약 냄새일 터였다.

"솔직히 말하면, 사샤, 한때 나는 네 아빠를 존경했어. 이 년 전에, 네 아빠는 어느 외국인의 공산주의 반대 활동을 신고했어. 그 사람은 바로 그의 아내였지. 그러니까 네 엄마 말이다. 그때 그는 진정한 공산주의자로서 행동했지. 공공의 목적을 위해 개인적인 희생을 기꺼이 감수한 거야."

장교는 거짓말을 하고 있었다.

"저의 엄마는 병원에서 돌아가셨어요."

장교는 나를 이상하게 바라보더니 다시 말을 이었다.

"하지만 시간이 흐르면서 네 아빠의 경계심은 느슨해졌고, 결국 네 엄마의 동료들에게 먹잇감이 되었지."

"저의 엄마는 스파이가 아니었어요."

나는 일어나려고 했지만, 장교의 팔이 누르고 있어서 계속 앉아 있을 수밖에 없었다.

"네 아빠가 자백했어, 사샤."

"루비얀카 교도소에서는 누구나 자백을 해요. 당신들은 사람들에게 무엇이든 말하게 만드는 법을 알잖아요."

나는 스탈린 코가 했던 말을 그대로 되풀이했다.

"그래, 받아들이기 힘든 일이겠지. 하지만 나는 지금 너에게 올바른 결정을 내릴 수 있는 기회를 주고 있는 거야. 만약 네가 오늘 소년단 발대식에 깃발을 들고 나간다면, 다들 이렇게 생각하지 않겠니? '사샤 자이치크가 저기 있어. 다시 우리 편이 됐어.'라고."

장교는 오른손을 펴서 내밀었다. 그리고 내가 손을 맞잡기를 기다렸다.

"만약 네가 내 말을 따르지 않는다면, 나는 너를 루비얀카 교도소 지하실로 데려갈 거야. 그런 일이 일어나길 바라진 않겠지, 사샤?"

나는 장교를 쳐다보았다. 거짓말을 하는 것 같진 않았다. 나는 그와 악수를 했다.

내 삶을 영원히 바꾼 날

아이들이 어둑한 복도에서 북을 치고, 나팔을 불고, 노래를 부르고 있었다. 바로 〈밝은 미래가 우리 앞에 열려 있다〉를. 나는 가사를 처음부터 끝까지 알고 있었지만, 미래의 소년단원들이 행진해 중앙 현관의 눈부신 빛살 속으로 사라지는 것을 바라보고만 있었다.

나는 깃발을 어깨 위로 올리고 내가 나갈 차례를 알려 주는 북소리를 기다렸다. 지금 이 순간을 오래도록 기다려 왔다. 정말로 간절히 이 순간을 바라며 자주 머릿속에 그리곤 했다.

모든 눈길이 나를 향한다. 나는 자부심이 가득한 얼굴로 중앙 현관으로 행진한다. 그리고 거대한 스탈린 얼굴 아래에 있는 연단에 서서 내 목에 소년단 스카프를 두를 차례가 오기를 기다린다.

아빠가 내 스카프를 직접 매어 준다고 말했을 때 정말로 행복했다. 아빠가 내게로 걸어와 스카프를 어깨 위로 펼친 뒤 규칙에 따라 오른쪽 귀퉁이가 왼쪽 귀퉁이보다 더 아래로 내려오게 매듭을 묶어 주고는, 강인하지만 다정한 목소리로 이렇게 말한다.

"소년단! 공산당의 큰 뜻과 스탈린 동지를 위해 싸울 준비가 되었나?"

나는 깃발을 내려놓고 벽에 기댔다. 눈물이 가득 고인 눈을 손으로 훔쳐야 했기 때문이다. 바로 그때, 북소리가 들렸다. 북소리가 심장처럼 고동치다 뚝 끊겼다. 드디어 내가 나갈 차례였다.

나는 중앙 현관에 있는 사람들을 떠올렸다. 그들은 북소리를 들으면서 내가 나오기로 되어 있는 출입구를 살피고 있겠지, 내가 왜 나오지 않는지 의아해하면서. 그들의 얼굴이 하나하나 머릿속을 스쳤다. 친구들, 선생님들, 관리인 마트베이치,

청소부 아가피아 부인, 세르게이 이바니치 교장 선생님, 그리고 연단 옆에 서 있는 케이지비 장교. 그는 우리 아빠를 대신해 초대 손님이 되었다. 교도소에 있는 우리 아빠. 어젯밤에 "내일은 중요한 날이야."라고 말했던 우리 아빠. 아빠 말이 맞았다. 오늘은 중요한 날이었다. 오늘은 내 삶을 영원히 바꾼 날이 되었다.

나는 마지막으로 한 번 더 깃발을 본 다음, 뒤로 돌아 뒷문을 통해 학교 밖으로 달려 나갔다. 나는 더 이상 소년단원이 되고 싶지 않았다.

끝이 없는 길

 이 전차는 얼음 동굴 같았다. 유리창 안쪽에 낀 성에 때문에 창문이 하얗게 빛났다. 나는 유리창에 입김을 불었다. 그러자 유리창에 수용실 문에 있는 작은 구멍 같은 동그라미가 생겼다. 그 동그라미 너머로 반짝이는 검정색 자동차가 거대한 노란색 건물을 향해 내닫는 것이 보였다. 저 건물 속 어딘가에 우리 아빠가 갇혀 있다.
 "루비얀카 광장!"
 그때, 전차 운전사가 소리쳤다.
 전차는 끽 소리를 내며 멈췄고, 성에가 잔뜩 낀 문들이 일

제히 열렸다.

나는 문이 다 열리기도 전에 전차에서 뛰어내려 광장을 가로질러 갔다.

"뒤로 물러서!"

경비병이 어깨에서 소총을 내리며 소리쳤다.

나는 계속해서 걸었고, 경비병은 내게 총을 겨누었다. 그는 아이이건 말건 총을 쏠 기세였다.

나는 걸음을 멈추었다.

"우리 아빠가 이 교도소 안에 있어요. 아빠를 만나야 해요."

경비병은 계속 총을 겨눈 채 건물 모서리를 향해 고갯짓을 했다.

"모퉁이를 돌아가요?"

경비병이 고개를 끄덕였다.

얼마 후 모퉁이를 돌았을 때 눈앞에 펼쳐진 광경은 내가 기대한 것과는 아주 달랐다. 교도소에 있는 누군가를 만나려고 기다리는 사람들의 어마어마한 줄이 보였다. 줄은 건물을 빙 두른 다음 길 건너편으로 이어져 그다음 길로, 그리고 또 그다음 길로 끝없이 이어져 있었다. 나는 몇천 명을 지나고 나서야 겨우 줄 끝에 설 수 있었다.

내 앞에 있는 아주머니가 나를 돌아다보았다.

"춥겠다. 몸을 따뜻하게 할 만한 게 없니?"

나는 어깨를 으쓱했다.

아주머니는 나를 가만히 바라보더니 가방 안에 손을 넣어 털목도리를 꺼냈다.

"우리 아들을 위해 짠 거란다. 어서 목에 두르렴. 문에 도착하면 다시 돌려줘."

나는 목과 귀에 목도리를 둘렀다. 아주머니가 도와주었다.

목도리는 정말 따뜻했다.

"부모님 두 분 다 이 안에 계시니?"

나는 고개를 가로저었다.

"아빠만요."

"엄마는 어디 계셔?"

"돌아가셨어요, 병원에서."

나는 재빨리 덧붙였다.

아주머니는 슬픈 눈으로 나를 바라보았다.

"아빠가 저를 엄마 장례식에 데려가지 않으셨어요. 그 이유

를 잘 모르겠어요."

"장례식은 슬프니까."

그때 아빠가 나를 데려가지 않은 것은 내가 슬퍼하는 것을 바라지 않았기 때문일 것이다.

"친척은? 친척 아저씨나 아주머니는 안 계셔?"

나는 랄리사 고모를 떠올렸지만 고개를 가로저었다.

"아니요, 아무도 안 계세요."

"어디에 사니?"

나는 다시 어깨를 으쓱했다.

"집이 없구나?"

아주머니는 내 어깨를 토닥이며 말했다.

"근데 한 가지 좋은 일은 앞으로 사흘 동안은 너한테 침대가 필요 없다는 거야. 아빠를 만나려면 그 정도는 기다려야 하니까."

그렇다고 해도 전혀 상관없었다. 어차피 이제 나는 갈 곳이 없었다.

아주머니는 나한테 배고프냐고 묻지도 않고 천으로 싼 뭔가를 꺼내 건네주었다. 천을 풀어 보니, 아직도 따뜻한 구운

감자가 들어 있었다.

내가 감자를 먹는 동안, 아주머니는 나를 물끄러미 바라보았다.

"네 이름이 뭐니?"

"사샤 자이치크요."

"있잖아, 사샤. 마침 우리 아들 침대가 비어 있는데, 네가 원한다면 써도 돼."

나는 아주머니를 올려다보았다. 아주머니는 빙긋이 웃고 있었다. 아주머니의 미소는 무척 다정하게 느껴졌다.

나는 아빠한테 물어봐야 한다고 생각했지만, 곧바로 이렇게 대답했다.
"좋아요, 감사합니다."
아주머니는 고개를 끄덕이고는 낮게 가라앉은 하늘을 올려다보았다. 다시 눈이 펑펑 내리고 있었다.
"사샤, 사는 게 참 힘들지, 응? 언젠가는 좋아질까?"
나는 알 수 없었다.
아주머니가 말했다.
"좋아질 거야. 하지만 지금 당장은 기다려야 할 일이 많아.

그러니까 기다려 보자꾸나, 사샤."
그리고 우리는 기다렸다.

작가의 말

옳다고 믿는 것을 선택하는 용기

어느 날 케이지비 장교가 잠깐 대화를 나누자며 나를 불렀다. 그는 내가 사무실로 들어서자 문을 잠그고 열쇠를 주머니에 넣은 다음, 내 직장 동료들의 정치관에 관해 이야기 나누고 싶다고 했다. 그의 목표는 나를 밀고자로 만드는 것이었다.

만약 그의 제안을 거부하면 나와 가족에게 무슨 일이 일어날 게 뻔했다. 구체적으로 말하긴 어렵지만, 무언가 나쁜 일이 일어나리라는 건 확실했다. 케이지비는 모든 사람에게 공포의 대상이었기에 나 역시 늘 두려움을 느끼고 있었다. 그렇지만 나는 남을 고발하는 사람이 되고 싶지 않았다.

두 시간 동안 나는 일부러 핵심을 피해서 멍청한 질문을 해대면서 그의 말을 조금도 이해하지 못하는 척했다. 결국 지루해진 그는 문을 열고 나를 내보내 주었다.

나는 모욕과 수치심을 느꼈지만, 딱히 해를 입지는 않았다. 만약 그 일이 무자비한 독재자 조셉 스탈린이 러시아를 지배하던 시절에 일어났다면, 나는 산 채로 그 사무실을 나오지는 못했을 것이다.

1923년부터 1953년까지 소련을 통치하는 동안, 스탈린은 소련 국민들을 상대로 전쟁을 벌이면서 자신의 절대 권력을 지켰다. 스탈린의 케이지비는 이천만 명의 사람들을 처형하고, 교도소에 가두고, 추방했다. 공무원, 군인, 노동자, 교사, 건축가 등 누구도 자신이 체포되지 않으리라고 확신할 수 있는 사람은 없었다.

그렇게 많은 사람들을 체포하기 위해서는 없는 범죄를 만들어 내야 했다. 스탈린은 선전 도구를 이용해 무수한 스파이와 테러리스트가 안전을 위협하고 있다고 믿도록 국민을 속였다. 두려움에 빠진 소련 국민들은 안전을 위해 지도자를 찾으며 스탈린에게 매달렸고, 이내 그의 인기는 종교적인 수준에 이르렀다.

'소련 아이들의 아버지'는 퍼레이드와 축하 행사 중에 지지자들을 향해 미소를 짓고 손을 흔들었지만, 밤에는 크렘린 궁전 집무실에서 아무 죄도 없는 사람들을 재판도 하지 않고 총살하라는 명령에 서명을 했다.

안타깝게도 내가 성장기를 보낸 1960년대 소련에서 나와 같은 세대를 살았던 사람들 중에 스탈린 치하에서 어떤 일이 벌어졌는지 정확히 아는 이가 거의 없었다. 스탈린이 살아 있던 시절의 범죄들은 완벽하게 비밀리에 저질러졌다. 모든 증거는 비밀로 분류되거나 파기되었다. 여전히 공포에 짓눌려 있거나 범죄에 대해 책임이 있는 기성 세대들은 침묵을 지켰다.

그러나 스탈린이 그냥 단순히 사라질 수는 없었다. 그의 유산은 러시아 국민들에게 아직 남아 있었다. 그들은 너무도 오랫동안 공포 속에 살았기 때문에 이제는 아예 그들 존재의 일부가 되었다. 공포는 검증되지 않은 채로 세대에서 세대로 대물림되었다. 심지어 나에게도 공포는 전해졌다.

이 책은 그 공포를 똑바로 보고 알리려는 간절한 시도이다. 이 책의 주인공처럼 나는 소년단원이 되고 싶었다. 우리 가족은 다른 사람들과 함께 공동 아파트에서 살았다. 우리 아버지는 헌신적인 공산주의자였다. 그리고 주인공 사샤처럼 나 또한 선택의 기로에 서야 했다. 나의 선택은 내가 태어난 조국을 떠날 것이냐, 하는 문제였다.

  이 이야기는 비록 과거를 배경으로 하고 있지만, 그 속에 담긴 중요한 문제는 시간과 공간을 넘어선다. 오늘날에도 이 세상에는 아무 죄 없는 사람들이 스스로 옳다고 믿는 것을 선택했다는 이유로 박해를 받고 죽음을 당하기 때문이다.

미국 로스앤젤레스에서

유진 옐친

세상에서 가장 완벽한 교실

첫판 1쇄 펴낸날 2012년 11월 20일
17쇄 펴낸날 2022년 6월 30일

글·그림 유진 옐친 **옮긴이** 김영선
발행인 김혜경 **편집인** 김수진
주니어 본부장 박창희
편집 길유진 진원지 강정윤
디자인 전윤정 **마케팅** 최창호
경영지원국 안정숙
회계 임옥희 양여진 김주연

펴낸곳 (주)도서출판 푸른숲
출판등록 2003년 12월 17일 제2003-000032호
주소 경기도 파주시 심학산로 10, 우편번호 10881
전화 031) 955-9010 **팩스** 031) 955-9009
홈페이지 www.prunsoop.co.kr **이메일** psoopjr@prunsoop.co.kr

ⓒ 푸른숲주니어, 2012
ISBN 978-89-7184-955-2 44840
978-89-7184-419-9 (세트)

* 잘못된 책은 구입하신 서점에서 바꾸어 드립니다.
* 본서의 반품 기한은 2027년 6월 30일까지입니다.